U0727540

# S实验室

## 光明科幻小说集

远人 主编

中国青年出版社

**图书在版编目（CIP）数据**

S实验室 / 远人主编 . -- 北京：中国青年出版社，
2025. 6. -- ISBN 978-7-5153-7879-4

Ⅰ . I247.7

中国国家版本馆 CIP 数据核字第 2025FX9533 号

# S实验室

远 人　主编

责任编辑：侯群雄　岳　超
助理编辑：邹远卓
封面设计：鸿儒文轩・末末美书
出版发行：中国青年出版社
社　　址：北京市东城区东四十二条 21 号
网　　址：www.cyp.com.cn
编辑中心：010-57350401
营销中心：010-57350370
经　　销：新华书店
印　　刷：三河市华东印刷有限公司
规　　格：880mm×1230mm　1/32
印　　张：8.75
字　　数：180 千字
版　　次：2025 年 6 月第 1 版
印　　次：2025 年 6 月第 1 次印刷
定　　价：68.00 元

本图书如有印装质量问题，请凭购书发票与质检部联系调换。联系电话：010-85707689

# 目录

# 缘起平行时空

易美华

## 1

在试卷上写完最后一个标点符号，我长吁了一口气，我的高考终于结束了。

同学们都在互相追问接下来去哪里玩。我不知道，这个问题我从来都没有想过。曾无数次困在题海里没有头绪时，我总会许诺自己，考完后要随心所欲地睡几天觉。

可事实证明，想要随心所欲并不容易。我刚回到家，还未来得及喝一口水，我的小叔就来了。小叔是一个对生活充满憧憬和热情的人，哪怕他年近四十仍未能实现他的暴富梦想，但完全不影响他的快乐。

我以为小叔也是来关心我的高考情况的，毕竟从我走出考场，听到的几乎都是"考得怎么样""想上哪个大学"之类的话。好像从那一刻起，所有人除了这些再不会说别的了。

可是我错了。小叔是来给我布置任务的："晓烨，明天起，跟着我出去见世面。"

见世面，是小叔经常挂在嘴边的词语。但依我对他的了解，他的"见世面"包括走出家门拐个弯跟人斗几句嘴在内，我就连回话的念头都没有了。

小叔听到我说想睡觉，还要睡上几天，就一脸的恨铁不成钢，说少年人的目光要看得长远一些，怎么能只想着睡觉呢？如果人人都跟我一样的想法，怎么可以打造出世界一流科学城呢？

对于从小在贵州乡村长大的我来说，世界一流科学城离我的梦想很远，现实中的距离也确实远。深圳，这个我只在电视上看到听到过的地方，我从未有过涉足的想法。在小叔说出这两个字的时候，我计算了一下我们之间隔着多少距离，坐火车要多少个小时。我都算蒙圈了，也没能得出准确的数字。

在一个太阳还没冒头的清晨，我和小叔背着简单的行李，爬上了去往深圳的绿皮火车。小叔从走出家门的那一刻起，整个人都处于激动状态中，一直在不停地说话。他无数次拍着胸口向我保证，他一定会带我去见大世面，从此吃香的喝辣的……

座位后面突然传来一道低沉的声音："什么吃香的喝辣的，一听就是鬼话，辣的东西能喝吗？一个搞不好，呛进肺管子里，那可是会要命的。"

那人说完还站了起来，转身面朝着我们。我抬眼看过去，是一个满头银发的老人。他很高，身材偏瘦，皮肤比正常人白一些，鼻头稍向下弯，眉毛的颜色较深，衬得双眼灼灼有神。他的左眼角靠近眉尾处，有一颗深红色的痣，非常显眼。随着他笑起来时，痣的颜色在灯光下会反光，让他的表情看起来随和了一些。

他对着小叔点了点头，好似要小叔认同他的话一般。小叔最不喜欢说话时别人打断他，更何况还是以这么不礼貌的方式。再说了，吃香的喝辣的不就是一个说法吗，又不是他发明的，谁还管得了呛不呛肺管子了？

老人见小叔不理他，他也不介意，转而看向我，一脸严肃地说："小伙子，不要老想着吃香的喝辣的，这是很要不得的想法。"

这人怎么逮着一句话就没完没了的呢？再说，谁老想着了？

小叔气得问他："你谁呀？"

"跟你们坐一趟车的人啊。"好理直气壮的话。

小叔翻了个白眼，大概是觉得自己没发挥好，接下来一直沉默。我很快就睡着了，不知道是不是因为坐车的原因，我梦到自己被困在一片无边无际的黑暗里，无论从哪个方向走都见不到一丝光。

小叔拍醒我时满脸惊慌："你是不是做噩梦了，咬牙切齿的？"

梦里的那片黑暗在我清醒后就消散开了。但或许是我在梦里跑着到处寻找光明，导致整个人疲软得很，话都不想说，只摇了摇头表示没事，让小叔放心。

我发现老人已不见踪影，大概在前面的车站下去了。小叔让我不要发呆了，把东西收拾一下准备下车。下了火车坐地铁。这是我第一次坐地铁，我对一切都无比好奇，连手机里跳出来的二维码都被我截下来保存在相册里了。直到下地铁坐上摩托车，站在几间小板房前时，我还在想地铁怎么能跑得这么快。

小叔指着小板房说这里是我们的临时宿舍，对面就是上班的地方，另一边就是 S 实验室。他拍着我的肩膀，一脸得意："怎么样，我没有骗你吧，是真的有科学城哦。"

我顺着他手指的方向看过去，距离有些远，房子的外表都看不太清。我只好抬眼看要上班的地方，没有高楼大厦，没有整洁宽广的街道，除了杂草、黄土，再就是零零星星的菜地。这让我对"见世面"的期望值下降了不少。小叔戳了我一指头，再次提醒我目光要长远："以后你就知道了。"

以后离得那么远，我哪想得了那么多？我虽有些不满，但也不敢开口反驳他。

## 2

第一天上班，队长就让我学开挖掘机。他对挖掘机师傅说："老方，给你一个做大学生师傅的机会，你用心教，提升提升自己的身价。"

我连连摆手，申明自己只是刚参加完高考，能不能成为大学生还是个未知数。队长哈哈大笑，跺了跺脚指着对面的科学城："我跟你讲，那里面都是高级知识分子，什么硕士博士啥的都扎堆了。你看从这里到那里又不远，你成为大学生那还不是板上钉钉的事？"

我本来对那高高的挖掘机心生抗拒的，他这话一出，倒把我逗笑了。老方也笑，他还不让我喊他师傅，说是不习惯，跟别人一样喊"老方"就行。

我跟在老方屁股后头爬上挖掘机。老方是东北汉子，说话粗声粗气的，说一句还要吸一下鼻子。刚开始我以为他是感冒了才会这样，后来发现不是，就如他自己说的，说完一句话后不吸一下鼻子，总觉得不得劲。

真是个怪人！

我跟着学了半天，老方就让我上手操作，他坐在旁边看着。我照他的指令按键启动挖掘机，加油门，提安全锁，手忙脚乱的。老方一边说着"稳住稳住"，一边揪着我两只脚放到踏板上，告诉我同时往前踩，挖掘机就会往前走，往后踩挖掘机就往后退，然后是怎样右拐怎样左拐，听得我晕晕乎乎的。

我抖着手一铲斗下去，就听到一阵刺耳的声音。老方拍着我的肩膀："你小子行啊，挖第一下就见响了。"

他说完就下去了。我哪知道什么，还以为他是在夸我呢，心里就有些得意，连忙也跟着爬下去。几个工友过来，拿着工具一起挖，队长却问我是怎么操作的，说用这么大的力铲斗都要起卷边了。我一下就急了，地底下有什么东西我也看不见呀，铲斗起卷边了跟我的操作有什么关系？谁来挖都是一样的，硬要说也只能是我运气不好，第一次上手就碰到硬东西了。

老方摆着手说队长跟你开玩笑的，铲斗哪那么容易卷边，又不是纸板糊的。队长就笑，又跟我强调了一番挖掘机的操作手法。工友们手脚很快，我们话还没说完，他们就从下面抬上来一个盒子。其实说盒子也不太正确，整体又长又高，看起来分量还不轻。但工友把它平放在地上，浑身沾满了土地的颜色，安安静静的，我还是觉得它就是一个盒子。虽然被我扰了美梦，但它气势分毫不减，还带着时光的气息。

盒子是铁制的，估计在地底下待的年份不短，到处锈迹斑斑的，已看不出它原来的颜色。上方有个双开门盖子，中间还挂了把锁。锁倒是还在发挥它的威力，在我们几个又扯又拽下，都死咬着不肯松口。

小叔骂骂咧咧地去找可以砸锁的东西，誓要看看里面有什么宝贝。老方是个急性子，转身拿了把锤子，扬手砸了下去，锁就开了。

里面除了一把黑漆漆的二胡，还有一些木制的玩具，也都是黑漆漆的，根本看不出原来的颜色。二胡的弦没有一根是好的，木枪、木马还有小马扎都有不同程度的损坏。大伙一脸失望，都没想到这样厚实的铁盒子，还用锁锁得这样好，竟然是一堆没用的东西。老方踢了下盒子，对我说："拿去扔了。"

可让我奇怪的是，当我看着这些东西时，脑海里竟然有些画面闪过，好像自己不是第一次见它们。虽然画面很快，也很模糊，但感觉却很强烈。我自然能确定自己从不曾见过这些东西，但为什么会有种熟悉感呢？

我把铁盒子搬到宿舍，小叔嫌弃得很："本来屋里就小，你还什么垃圾都往里头搬，人都转不过来了。"

小叔作势要搬出去丢了，我赶紧把它塞进床底下，"床摇摇晃晃的，正好用这个盒子顶一下。"

晚上，我睡得迷迷糊糊的，好像听到有人在拉二胡，断断续续的，听不出是什么调子。我问小叔人家拉的是什么，他一脸惊讶："哪里有声音，还二胡调子，你不会是魔怔了吧？"

小叔坚持要把铁盒子扔掉，说埋在地底下的东西什么来路都不知道，怎么能搬进屋里头呢？你还大咧咧地睡在上面，指不定什么时候就被人下咒了。这里虽然离科学城很近，也不要以为什么东西都是宝贝。

小叔越说越愁，眉毛都要打结了，撅着个屁股使劲去扒拉我床底下的铁盒子。我赶紧拦住他，让他大晚上的别折腾了，搞得人心惶惶的都睡不好，明天还怎么上班呀。

小叔唉声叹气的，跟我说了一堆乱七八糟的话，最后实在顶不住困才躺下了。我睁着眼睛躺在床上，对面传来小叔的呼噜声。屋子里黑乎乎的，我不知道怎么就想起在车上时做的那个梦，想起了那个老人，想着想着，我又开始做梦。


## 3


我梦到自己从树上摔下去，摔到地上半天都没缓过劲来，左脚还受伤了。入口是一个完全陌生的地方，周围的建筑物也与以往看到的不太一样，倒跟历史课上老师曾展示过的图片上的建筑有些相似，但要依此推算出更多信息，我却是做不到的。身后的树很高，位于一条街道的左边，和另一条街道并排，再过去是一排店铺，店铺后面连着山。山上的绿植极少，露出坑坑洼洼的黄泥巴。

一个四五岁大的小男孩蹦跶着跑过去，马上又退回来，他用一根冰棒棍子戳了下我，说："小蚂蚁，你怎么躺在这里一动不动的，是不是在偷懒啊？"

此时，我的潜意识里还是很清楚，知道自己正躺在科学城旁边工地上的临时宿舍的床上睡觉。对面床上睡着我的小叔，在我的床下还有个锈迹斑斑的铁盒子，里面有一堆乱七八糟的东西。

我心里慌得很，想不明白自己怎么会在这样一个地方。而且还成了一只蚂蚁，真是让我既纳闷又无奈。但转而又想，蚂蚁怎么了，在别人的地盘上又怎么了，受了伤我还不能歇一歇了？我抬眼看向比我矮了很多的小男孩，他的皮肤很白，小小的鼻子挺直，鼻头稍向下弯，左眼角靠近眉尾处，有一颗深红色的痣，非常显眼。他的这颗痣和车上遇到的老人脸上的痣，无论是位置还是颜色，都一模一样。这也太奇怪了，我怎么能把那个老人变成小孩子呢？虽然是在梦里面，但还是有些过分了。我一边盯着小男孩看，一边指责自己这个不负责任的行为。

小男孩还在叨叨着我偷懒，一边叨叨一边用棍子戳我。这人真的是太没礼貌了，我那本就不多的"罪恶感"也就不存在了。我气得跟他大吵起来，把这辈子学的所有骂人的话都说了。可小男孩根本听不到我说的话，只会一个劲地说我偷懒，还说如果我想证明自己没有偷懒，就去爬树。

我干吗要爬树？我以后都不要爬树了。

我一向说到做到。从这天起，我就一直在树下，还准备重新找一个地方安家。小男孩每天都会从我面前走过，每次都是一个人，但看到他快乐蹦跳的样子，总能让我觉得世界是充满希望的。虽然此时我要无聊地趴在树下，还要顶着个蚂蚁的外壳，但只要想到等我睡醒即可回去，这一切也就都可以忽略不计了。

我以为我和小男孩能一直这样互不干涉地相处下去，他快乐他的，我找我的新窝。可哪里想到，我的窝还没找到，小男孩就来给我安排任务了。他先是撅着屁股，拿着一支白色的粉笔，用尺子比画着，在深褐色的地面上画了一条笔直的线。直线画得很长很长，连接了对面的街道。画完之后他还看了许久，把他认为不够清晰不够直的地方修改了一下，才满意地笑了。连他眼角眉尾处那颗红色的痣都好似在发光。

然后他用两根手指把我拎起来，放在他刚画好的直线上。这让我很恐慌，明明在我的眼里他那么小，却只需两根手指就把我挟制住了，真是荒唐。他安排我站在直线上，指着前方："你沿着直线走到尽头，不能走歪了，不然就不让你回家。"

就算是只蚂蚁，我也是有脾气的，都是地球上的生物，一个年纪比我小那么多的小屁孩，凭什么指挥我。我冷哼一声，掉头就往回走，与其这样疯闹，还不如回去找窝呢。

可小男孩哪能依我，死命拎着我转回去，下命令的语气更重了一些。我没打算听，待他松手后我立马又往回走。小男孩气得扔了粉笔和尺子，一双手把我摁在直线上，咬牙切齿地让我往前走。

我的偏脾气也上来了，怎么都不肯挪动一下。小男孩气得跺了几下脚，直接拎着我在线上走。真是个神经病！他力气还挺大，我几次挣扎都未能脱身，只能瞪着双眼看他一步一步拎着我走到直线的尽头。

尽头是一家卖乐器的店，门口的木凳子上摆了一把黑色的二胡。也不知道是因为小男孩拎着我弯腰走得太久，还是眼看着到目的地了太过兴奋，总之就是他一脑袋冲过去，二胡摔到了地上，弦断了。

老板气得不行，说二胡是他们家的传家宝，是他太爷爷的太爷爷的爷爷亲手做的。平时都不轻易示人，今天看太阳好才拿出来见见阳光，这还没晒热呢就摔坏了。他让小男孩请家长来，不然就不让他回去。听到这话我真想跳起来，巴不得店老板罚他，最好罚重一点，让他别再来烦我了。

小男孩哭了，哭得很伤心，抽泣着说："我父亲不在家，他去首都打工了，我母亲病了，她不能生气的，你们能不能不要把这件事告诉她？"

小男孩说完就把我扔了，跑进店里拿扫把要帮他们扫地，并表示自己会做很多事。旁边有人看小男孩是真的怕了，也可能是听到他刚才说的话觉得挺可怜，就说："孙老板，修这二胡的弦要多少钱，我替这孩子赔了。"

孙老板叹了口气，笑着告诉大家，这二胡确实是他太爷爷的

太爷爷的爷爷做的，但也不是什么传家宝。他之所以这样说，是看路上车来车往的，小男孩跑来跑去很危险，想让他不要玩了。他让小男孩赶紧回家，别让母亲担心了，又谢过旁边那位热心人士，说他自己来修就行，不用赔偿了。

## 4

我以为经过这件事，小男孩最起码几天都不会出门了。谁知道第二天一大早他就来了，还要拎着我去走直线。看来昨天孙老板的话对他没起到半点作用。我恨不得咬他一口，可他的手正好掐在我脖子上，让我都要喘不过气来了。

我们走到两条街相连处，小男孩看到直线断了，而且还是上下错开来的，就开始指责我："这一定是你搞的鬼，你干什么了？"

我已经不想争辩了，反正我说的话他又听不懂。只是我心里也奇怪得很，明明是一条直线，我昨天才走过的。可就过了一个晚上，在两条街道相连的地方，为什么会上下错开呢？虽然说这是两条街道，但它们中间连一条缝隙都没有，怎么还能错开了？而且错开的距离有一根手指的宽度，就好似两条街道在往相反的方向移动。若不是小男孩在两条街画了一条相连的直线，估计没有人会发现这个问题。

小男孩气呼呼地把直线连上，连得歪歪扭扭的，他还警告我别再搞花样。我真不知道自己该不该生气，作为一只蚂蚁，能被人这样冤枉，我是不是太有能力了一点？

接下来几天，我和小男孩迎来了真正的和平共处。我们都对这条会错开的直线，不对，现在不能称为直线了，只能算是线条。而这条线条让我们有了前所未有的兴趣。线条也真是不让人失望，它每天都以一根手指的宽度在错开。一天又一天，线条错开的距离越来越大了，小男孩为了分辨得更清楚，再次把线条描画了一下。我们趴在旁边仔细观察，紧张得连大气都不敢喘，誓要借此找出两条街道的秘密。可秘密哪是那么容易发现的，我们眼睛都瞪出眼泪来了也没看出有哪里不一样。

孙老板来了，听了来龙去脉之后他也觉得神奇。他是知道小男孩画了直线的，但他也一样搞不清楚街道为什么会这样。他在街道相连处来回走了不下十次，找不到头绪，只好说："去学校问问杨老师，他是有大学问的人，肯定知道。"

杨老师是喝过洋墨水的人，是他们这里最有见识最有学问的人。平时但凡有点不明白的事，他们就喜欢去问杨老师。可是这次杨老师来看了之后，眉头皱巴巴的。他自然不会轻易相信一个小孩子的话，哪怕有我这只蚂蚁做证，他也是选择视而不见的。他说他在上海住了几十年，从来不曾听说过这样的事。这两条街道是同时修起来的，跟下面的土地是连在一块的，又没有人可以在下面给它安个轮子，怎么会自己跑呢？而且跑就跑吧，还不往同一个方向，大概全世界也找不到这样"任性"的街道吧？

小男孩跺着脚嚷着就是真的，他在线条上跑来跑去比画个不停，还让杨老师看我。杨老师一脸嫌弃："一只蚂蚁能证明什么？"

从来都没见过这样轻视人的眼神，这让我很不服气。哼，蚂蚁也是有大作用的，也是可以走直线的，也是可以发现街道秘密的。我气得狠狠地反驳他，可他一个眼神都没有给我。唉，在这样的关键时刻，没有任何人肯理我。

杨老师要亲自验证，亲自撅着屁股在小男孩画的线条约一米的地方画下一条直线。为了表示他严谨的态度，他把直线画得和小男孩的线条一样长。

他还在两条街道相连处守着，几个小时过去了，直线还是直线，怎么看都没什么不一样。他满脸失望，觉得小男孩骗了他，连孙老板都被他念叨了一番，气急败坏的。孙老板也不敢反驳，对比杨老师的做法，自己确实是草率了，怎么能这么轻易就相信一个小孩子呢？

小男孩满脸不服气，嚷着要第二天才能看出结果。旁边围了一圈看热闹的，听了小男孩的话，说明天就明天吧，但要把直线做好标记。一大群人绕着杨老师画的直线，用自己的方式做标记。每个人都很有想法，标记做得五花八门的，好在没有影响到直线的地位。

第二天，一大早街道上就围了好些人，都看到杨老师画的直线真的错开了，也是约一根手指的宽度。杨老师一边念叨着"不可思议"，一边闭着眼睛趴在地上听。结果自然是什么都听不出来，他自然也说不清楚为什么会出现这样的情况。

小男孩很高兴，困扰了他多日的事情终于把其他人也带进来了。他认为参与的人越多就越好玩，也越容易弄清楚。他把两条线条都描得又粗又深，还特意用他自己的方式，在线条周围画了些圆圈。

杨老师自己搞不清楚，就请了其他人来看，人来人往的这件事就传开了，最后媒体都知道了。几乎每个媒体人过来都会问小男孩："你怎么会想到在两条街道上画这样一条直线，是不是得到过什么启示？"

甚至有人猜测小男孩是受高人指点了，连他画直线的粉笔和尺子都拿去做了研究，可研究来研究去也没发现什么。一堆人就围着小男孩，都想尽办法想从小男孩的嘴里问出点不一样的东西来。小男孩每次都是咬着嘴唇不说话。人家也不生气，反而夸他沉稳不张扬，夸他有主见，夸他聪明，各种好话像不要钱似的往他身上抛。

对此，我很不屑。这些人说的全都是瞎话！他就不能是没什么好说的才不说话的吗？一个四五岁的小孩，被一群咄咄逼人的大人围着问话，没有被吓哭都算他胆大。

那些人都走了之后，小男孩却告诉我："我当时之所以画直线，只是想看看蚂蚁是不是可以走直线，又能走多远。"

他说完还埋怨我不配合。我也是无语了，灵魂钻进蚂蚁的躯体里就算了，还要我走直线。蚂蚁生来也是有理想有抱负的，而不是走什么无聊的直线。

这样说好像有点不讲道理，小男孩的直线不仅不无聊，他还快成名人了。首先两条街道来了很多专家，什么探测队的，科研所的，各种仪器分别上场。各种会议，开都开不完，有时因意见不合他们还要吵架，各抒己见，热闹得很。但结果谁都不肯透露半分出来，搞得我抓心挠肝的。我从来到这里就只想着赶紧醒过来，跟着老方和小叔一起把科学城附近的景观区建设好。可现在我害怕醒过来，不把这件事情的来龙去脉搞清楚，我怕以后都得过抓心挠肝的日子。那太要命了，简直比让我做蚂蚁还要残忍。

## 5

孙老板是个讲究人。他为自己当时没有相信小男孩而郑重地向他表达了歉意，并且把他家那把二胡送给了他。当然，断了的弦已经接上了。小男孩收到礼物美得很，还请求孙老板教他怎么拉二胡。

小男孩学得认真但就是学不会，可他认为二胡是孙老板诚心诚意送他的礼物，自己不可以轻待了，就每天端着个板凳坐在我窝前练。练来练去也就一个调子，音量时而尖锐时而沉闷，跟坐过山车似的，听得我脑门突突地跳个不停，烦得我都起了搬家的念头。

这些天，两条街"背道而驰"的事搞得人心惶惶的。后来就传出街道下面的板块要脱离地球了，引发山洪或者泥石流的概率非常高的消息。还说居住在这里的人如果不尽快撤离，到时候只怕会有危险。

孙老板一家是在夜里悄悄离开的，走之前没有向任何人透露过半点风声。这举动简直是压垮所有人的最后一根稻草，一时间都喊着要离开。

傍晚，小男孩走到树下，满脸忧愁地用手指在地上乱戳乱画。他突然喊我："小蚂蚁，我想给父亲写信了。"

我已不记得我告诉过他多少次，我叫晓烨，不叫小蚂蚁，但他从来都不听，一直一意孤行地喊我"小蚂蚁"。真是讨厌。你都不听我说话，连我的名字都喊不对，那你想给谁写信跟我又有什么关系？我不打算理他。

他叹了口气又说："我听到母亲打电话了。她说要带我离开这里，请了人来帮忙搬东西。可是父亲还没有回来啊，我只知道父亲在首都，不知道在首都哪里，我也不知道这里去首都有多远。我问母亲她又不肯说，还让我没事不要打扰父亲，跟着她走就可以了。我怎么是打扰父亲呢？如果不把搬家的事告诉父亲，他回来就找不到我们了。"

小男孩说着说着就哭了，眼泪砸下来，正好掉到我的眼睛里。真是奇怪得很，明明我比他高那么多，他的眼泪还能砸到我。害得我也控制不住哭了起来，事情怎么就变成了这个样子了呢？唉，虽说大千世界无奇不有，但也别搞得这么神秘呀，真是太让我揪心了。

第二天早上，天空刚翻起鱼肚白，小男孩就跑出来了。他把手上抱着的一把木头枪往树下一扔就跑了回去，很快又出来，照样抱着东西，照样扔到树下。他来来回回地跑，很快就搬出来一堆东西，里面还有那把二胡。然后他又吭哧吭哧地拖出一个铁盒子，挨个把他搬出来的东西放进去。正当他发愁要怎么办时，一个年轻女人走了过来。

听到小男孩喊她母亲，我忍不住抬眼看过去。这是我来到这里这么久，第一次见到她。她个头不高，身材纤细，脸上有一种久不见阳光的白。她看到小男孩整个身体都趴在铁盒子上，轻拧着眉问他要怎么处理。

小男孩反问她，是不是真的不能让他带着这些东西离开。她摊开双手，满脸无奈："子钦，我们的东西太多了，要去的地方又很远，真的带不走这么多东西。"

我第一次听到小男孩的名字，原来他叫子钦。

子钦挨个抚摸着盒子里的东西，再一次细细摆放好，才把盖子合上。他决定把铁盒子埋在树底下："如果街道真的一直会移动的话，总有一天它们会自己走到我们现在要去的地方。"

我忍不住竖了个大拇指给他，这真的是一个很美好的想法。

母子俩一起在树下挖了个坑，把铁盒子放进去。子钦又问母亲要来一把锁，仔细锁好后还在盒子上面盖了块塑料板，才把坑填好。子钦对我说："小蚂蚁，我怕会把你搞丢，所以不带你了。我们要走了，大家可能都会离开这里，你也走吧，去一个安全的地方。"

从看到他们挖坑，我就已经像被雷劈了似的，整个人都不对劲了。我在科学城旁边的地底下挖出来的铁盒子，体形怎么跟他们埋在这里的铁盒子一模一样？虽然里面的东西因时间的关系，外表的颜色不一样外，其他都没有半分差别，这实在太诡异了，尤其是那把二胡,世界上没有这样巧合的事吧?

难道说上海的这条街道,在时光的推动下,自行走到了深圳,连带着铁盒子也一起到了那里?而我还无法搞清楚时光究竟是用了多久,才取得了这么大的"成就"。要是我把这件事说出去,听到的人不说我是神经病,都表示他不正常吧。可如果不是这样那又怎么解释,子钦和他的母亲,埋在上海某条街道下的铁盒子,竟然会出现在深圳科学城旁边的地底下呢?总不可能是他们后来回到上海,把铁盒子挖出来,拎着到深圳再埋一次吧?

我觉得自己的脑容量已经不够用了,想得头晕脑涨也没半点头绪。最后我就懒得想了,反正也想不通。我看到那些研究街道秘密的人跑去了山上,就也跟着去,想着总能听到点有用的消息。

## 6

可谁知道,我还没爬到山顶就醒了,是被小叔吼醒的。他指着快爬到半空中的太阳对我说:"该起床了,再睡下去人都要傻了。也不知道你是做梦还是怎么了,一整个晚上都在喊着,我不叫小蚂蚁我不叫小蚂蚁……"

小叔脸上是无奈又一言难尽的表情,比从屋外钻进来的太阳光还要显眼。我从来不知道自己还有说梦话的习惯,被小叔这样一说,觉得真是丢脸死了。我赶紧摆着手让小叔别说了,又拿出那个铁盒子看了看。再次确定盒子就是子钦埋下的那个盒子,里面的东西也是他放进去的那些,就是不知道二胡的弦怎么是断的。

我很确定孙老板修好了二胡，子钦还在我面前拉过二胡，放进盒子里的时候也是好的。难道是二胡躺在盒子里，随着街道移动时，摩擦力太大，才导致弦断了？

我被自己这个荒谬的想法逗笑了。小叔本来就觉得我从接触到铁盒子之后就开始不正常，再一看我又是摇头又是傻笑的，顿时就急了。他一把拉开我，推着铁盒子就要扔出去。

我自然不肯。就算我只是做梦，但里面的人和场景，以及我的感受，都那样真实，根本让我无法忽视。我把自己在梦里的经历告诉小叔，小叔抬手抚上我的额头，怀疑我发烧生病了，而且还病得不轻，都开始胡言乱语了。

我推开他的手，很认真地告诉他："我相信我在梦里经历的那些，肯定是真实发生过的事，只是不知道它发生的时间而已。"

小叔瞪了我一眼："真实个鬼，肯定是你昨天看到这些东西，脑子里胡思乱想出来一些画面，然后就在你梦里出现了。人家都说了，日有所思，夜有所梦，没错的。"

小叔还是坚持要把东西扔出去，说我的思想很危险，都把出现在深圳地下的铁盒子弄去了上海，一点逻辑都没有，虽然是在梦里，那也真是敢想。

我坚决表示这不是我想出来的。我也知道，按照常理来说，这个铁盒子被子钦埋在上海的某条街道，现在却出现在深圳的地底下，是非常不符合逻辑的事情。我虽然也搞不懂为什么会这样，但绝不是小叔所说的，是什么"日有所思，夜有所梦"，毕竟我从来都没有把上海和子钦与铁盒子联系在一起过。

小叔最终还是没争赢我。我把已被他推到门外的铁盒子又推了回来，塞到我的床底下。看到小叔虽然气恼，但到底没再说什么，我偷偷松了口气。

跟着老方爬上挖掘机的时候，他还打趣："看看咱俩今天还可以挖到什么宝贝。"

我知道他们看我把铁盒子收起来，就觉得我的行为不太正常。但我已经管不了别人怎么看我，我从醒来就在想，那两条在移动的街道最终怎么样了，还有子钦和他的母亲又是去了哪里，子钦的父亲有没有回来找他们。而我又为什么会梦到这些？还是以一只蚂蚁的身份。有很多个想法冒出来，又都一一被我推翻，整个人晕乎乎的。

我看着不远处的科学城，听老方说那里有个深圳湾实验室，吸引了许多海内外的高端科技人才。在普通人看来不可思议的事，在他们那里或许都能找到答案。我不由得想，我遇到的这些事，他们是不是也同样可以为我解答？

老方看我一直不说话，还以为我生气了，就说他可以把二胡的弦修好。但是修好之后，我得借给他拉一拉，毕竟工地上有时候还挺无聊的。我根本不用想就答应了他。老方愿意把二胡的弦修好，这让我觉得事情都在往好的方向发展了。

晚上洗漱后，我坐在床上酝酿睡意。我虽然闭着眼睛，但也知道小叔一直在看我。在我快睡着的时候，小叔突然一巴掌拍在我额头上："你今天晚上再鬼哭狼嚎的，我就把你扔出去，和这个鬼盒子一起。"

他说完还踹了铁盒子一脚，然后抱着脚嗷呜了半天。我看他一边嗷呜一边瞪我，虽然有些心虚，但还是再次强调道："我都说了，这个盒子的铁皮很厚很硬，不要动不动就拿脚去踹它。"

不是说世界万事万物都是有生命的吗？既然是有生命的，那还能没点脾气？小叔还偏要去踹它，还是光着脚去踹，不痛才怪了。

说完我也不敢看他，扯过一块枕头巾盖在头上装睡。我心里还在祈祷，让我回到昨天晚上梦里的那个现场去吧。我没搞清楚的事情太多了，只有回去才能找到答案，否则想东想西的太费精神。

可事实告诉我，错过的现场是回不去了的。

# 7

我刚睁开眼睛，还没来得及看一下所处的位置，对面床上就有人朝我扔过来一个玻璃杯。砸到我脸上的水顺着我的脖子往下流，杯子滚到了地上，碎成了渣渣。

我发现自己的身体有些僵硬，往常能轻易做到的肢体动作，现在做起来不那么灵活了。被杯子砸中也感觉不到疼痛，甚至对倒在我身上的水是冷是热都无知觉。只有目之所及都是白色的，让我猜想这里是一间病房。医院，除了让我想到刺鼻的消毒水味，再就是处处可见的忧愁面孔，可以说是我从小到大最讨厌的地方了。

在我想着再次回到那会移动的街道，在小叔认为我受到铁盒子里面的东西的影响，整个人都魔怔了的时候，我怎么会出现在这样一个鬼地方呢？我心里很焦躁，就算是让我暂时代入某一个角色，也别这么离谱呀。上次的蚂蚁虽说不好，但最起码行动自由，虽然被子钦拎着走了几回直线，但这些在那样神秘的事面前完全可以忽略不计的。现在倒好，直接让我到了连肢体都不能灵活运转的地步，还不知道接下来等着我的会是什么。

我正一边想着对策一边试着开解自己，床上突然传来一个尖锐的女声："谁让你打开它的？谁让你打开它的？"

我被吓了一大跳，循着声音看过去，一个女人躺在铺着白色床单的病床上，身上盖着一床薄被。因视角的原因，我看不到她的模样。她的声音好似被一把大手掐住了喉咙，而主人不甘心，就是要拼尽全力吼叫出来那般。嘶哑、愤怒的情绪，从她的每个汗毛孔里钻出来，有着可以划伤所有人耳膜的威力。

没有人接她的话，这让她气得双手不停地捶着床板，把被子都踹掉了："我讨厌它，赶紧推走，我讨厌它，你听到了没有？"

"我白天没有时间过来，就让它代替我照顾你吧。"随着一个男声响起，我的视线里出现一个男子的身影。他看起来二十来岁，很高很瘦，皮肤很白，鼻子挺直，鼻头稍向下弯，左眼角靠近眉尾处，有一颗深红色的痣。我的心狂跳起来，这颗痣无论是颜色还是位置，都和在上海埋铁盒子的那个叫子钦的小男孩一模一样。这是不是表明我又来到了上海，见到了长大了的他？

男子站在病床前，俯身扶着女人躺下，把被子扯过来盖在她的身上。有医生进来，女人立马就一把推开男子，跟医生说："我不要这个死气沉沉又丑得要死的机器人，看到它就讨厌。"

死气沉沉又丑得要死？这绝对不是用来描述我的词语。

大概她这样的话说得多了，医生听了都没啥表情："杨女士，小七是我们医院目前最全能的机器人，受到了很多病人的喜爱。它除了一般机器人可以做到的读报、清洁打扫、唱歌和聊天外，还可以帮病人把药分类、分量并按时提醒，照顾病人上洗手间，帮病人联系医生护士等等。你如果了解小七的功能后，一定会喜欢的。"

杨女士听得很不耐烦，整个人扎进被子里，谁都不看。医生拍了拍男子的肩膀，让身后的护士把杨女士当天的药拿过来，又叮嘱了两句就离开了。

医生走了，杨女士就掀开被子坐了起来。她看着男子良久，才说道："子钦，让我出院吧。"

我浑身一个颤抖。虽然刚才我看到男子的外貌就猜测他是埋铁盒子的小男孩，但那毕竟只是猜测。世界上人这么多，自然就会有相似的人，所以虽然希望自己的猜测是真的，我也想过可能又是一个不能实现的梦，毕竟我本身也是在梦里。

但是现在这个杨女士叫他子钦。我记得很清楚，在那棵树下，当时的小男孩问她是不是真的不能带着那些东西一起离开时，他的母亲也是喊他子钦。我端详着杨女士，她的温婉气质虽然已经完全不见，但五官并没有多大变化。所以我很确定，他俩就是在上海埋铁盒子的母子。

子钦听了杨女士的话，立马摆手拒绝："母亲，我们要听医生的话。"

杨女士很暴躁："听医生的听医生的，医院开门就是为了赚钱，能听他们的吗？你答应他们弄这样一个丑得要死的机器人来，就等着被他们坑吧。"

我忍不住翻了个白眼，我究竟是做了什么，让这个女人如此嫌弃？

子钦："我白天要上课要兼职，只有晚上才能过来。有个机器人陪着你，提醒你吃药啥的，我也放心。"

"白天我自己可以，你有什么不放心的。"杨女士的声音又开始尖锐起来。她为了证明自己可以，挣扎着要从床上下来。

子钦赶紧拦住她，说他心里有数，让她别担心，又说一切都会好起来的。我看到子钦满脸的疲惫，感受到从他话语里透出来的无措，心里五味杂陈。我不知道发生了什么事，杨女士患的是什么病，还有子钦的父亲现在又在哪里。作为一个男人，在他的妻子生病住院，儿子既要上课又要兼职忙不过来时，他怎能不现身呢？

杨女士推开子钦，背过身去不再理他。子钦无奈地叹了口气，他走向我，打开我脑门设置板的开关，输入一串数字。我看到我右手手臂上弹出来一个小门，只要把药放进去，就会按照他刚才的设置分门别类排好先后顺序和剂量。子钦又在设置板上输入杨女士吃药的时间。到点后这些信息会传输到我的大脑，我就会拿出分好的药给杨女士，并端水照顾她吃药。

# 8

子钦弄好之后，跟杨女士说了几句话，杨女士还是不理他，他又叹了口气才离开。他一走，杨女士就从床上爬起来，走路都跟跟跄跄的，还非要挣扎着把我推出病房。她一边推一边念叨着，我没有使用过你，不能算工钱的。

我看到杨女士转身时差点摔倒，下意识伸手去扶，结果没控制住，脚下的轮子往旁边滑，自己先摔到了地上。这下，杨女士更有了嫌弃我的理由。她坐在走廊的条凳上，喊护士帮忙找医生过来，打定主意要把我退掉。

医生跟她说了几大箩筐好话，都未能让她改变主意。医生只好把我身上的药取出来递到她手上，提醒她要记得按时吃药，有事就按铃。医生看到杨女士点头保证自己可以，才推着我往另一边走。

医生说一时没办法给我安排新的雇主，就先回机器人房好了。他告诉我，机器人房里有许多和我差不多的机器人，几乎都是有不同程度的破损才进去的。像我这样被雇主嫌弃丑直接退回的，在此之前是唯一一个，也算是打破纪录了。我听到医生一路上唉声叹气地念叨着这些话，心里也是委屈得很。虽然我还搞不清楚自己为什么会来到这里，但能再见到那个叫子钦的人，我还是很高兴。原想着可以借此机会弄清楚困扰我的那些问题，说不定我们还能分析一下铁盒子会"自主行走"的秘密。可谁知道我还没想到怎么与他们沟通，杨女士就死活要让我离开，真是莫名其妙。

医生在仔细看了我好久之后，终于说了句实话："也不丑啊。"

哼，我就知道杨女士是在胡说八道。

医生摇着头地走了。立马就有一个比我高半个头的机器人滑到我的面前，他伸出只有四根手指的左手戳了我一下："说一下你来这里的原因，我要登记一下。"

我傻眼，到这样一个地方还要有原因，还要登记？是不是这个记录还要跟着我一辈子呀？那我能说什么原因，说我不想干了，说我讨厌医院？无论什么都好，就是不能让别人知道我是被雇主嫌弃丑而退回来的。否则我以后在这里就要抬不起头来了。

我也开始胡说八道："雇主嫌弃我没有共情能力。"

"什么共情能力？跟着他们哭跟着他们笑才算是有共情能力吗？"

"有人说我不会陪吃陪喝，就算不上是全能机器人，真是讨厌。"

"共情能力是相互的，为什么他们只会提要求，而不愿意迁就一下我们？"

很好，我没想到随便提一句"共情能力"，竟然引起了大家的共鸣。我忍不住为自己的机智点个赞。同时心里也很激动，现在的机器人已经拥有了这么强大的聊天能力了吗？

我一直以为，机器人是没有思想和认知的"木头"，言行举止都只能按开发者设定好的程序走，人家推一下才能动一下。可现在我看到的却完全不一样，他们不但可以随意发表自己的看法，还会为我打抱不平呢。

我也是一得意就忘形，在我这样想的时候，顺便还把这些话说了出来。正为我登记的机器人在左右为难，他在电脑版面上找不到共情能力这一块，脚下两个轮子急得滚来滚去的，停都停不下来。他听到我这样一说，觉得问题很严重，干脆滑到我面前，拉开架势就反驳我："你怎么能说自己是木头呢？你这样难怪人家要嫌弃你没有共情能力了。我看你不但没有共情能力，还没有感恩的心。你难道不知道，张老师付出了多大的心血，才让我们拥有了现在这种状态的？如果他知道他竭尽全力研发的机器人，成了你嘴里的木头，不知道会难过成什么样子，说不定一个星期都吃不下饭了。"

一堆机器人都在点头，搞得我心里慌得不行，好怕惹起了众怒，然后自己在这里也待不下去。我一边赶紧道歉，一边暗暗告诫自己以后要少说话。

旁边有一个机器人哼哼唧唧的："我听到你们说张老师，心里就难受。上次我的雇主去世了，一大家子哭得厉害，我一个人呆呆地站在旁边。张老师看到后一个劲地摇头，他觉得我在这种场合也应该哭一哭，这样可以让雇主的亲人们欣慰一些。他就想把我身体里的电路板改造一下，在我的大脑里安装一个芯片槽，再插入他已经编程好的芯片，其实也就是让电容器通过电子无序的流过而产生溶剂，再经过我的眼眶流出液体，这样也算得上是哭过了。可是我拒绝了，我害怕这样一来，我的身体会增加负担，从而影响我的寿命。我也不想有溶剂的液体流过脸颊，这样会破坏我整体的美观。我看得出来，当时张老师听到我拒绝就非常难过，但他最终还是尊重了我的意见。你们说，我是不是太自私了？我是不是让张老师失望了？"

有一个挺着大肚子的机器人一边点头一边接话："我也觉得我很自私。我一边羡慕人类多姿多彩的生活，又不想体验他们可能要面对的困难和遭受痛苦时的感受。上次张老师想在我的身体里安装一个情感集成的芯片，说通俗点就是高级感官体验卡。只要在我的身体里植入了这块芯片，就可以让人类看到一个女人从怀上孩子，再到孩子出生，中间所经受过的所有困难和痛楚，以及孩子与母体所产生的情感纽带，以此启示人类更珍爱生命。他代码都写好了，也做好了所有的准备，但在芯片植入的最后一步，我拒绝了。我就是不想经历任何困难和痛楚。我把每次的工作都当成是任务，经过我的肚子出生的孩子只是我生产的产品。我只要按时按量吸收营养液，按雇主的要求听胎教音乐，不需要我再付出任何东西，也包括我的情感，同样我也没想从对方身上得到任何回应。我觉得没必要，我按指令完成任务，他们得到想要的孩子，从孩子离开我身体的那一刻起，我们就没有任何关系了。可是现在，在我即将要返厂重造时，我才发现我错了。我不但让张老师失望了，也没有发挥出自己最重要的作用。"

越来越多的机器人加入检讨会，他们都拼命在检讨自己以往的错误。有的说自己胆小，不敢站在高墙上擦玻璃，太没有职业精神了；有的说自己在做饭时，从来都不记得尝尝味道，记性太不好了；有的说自己在一次陪雇主聊天的时候，语气非常不好，把雇主都聊哭了，真想去跟他道个歉……

## 9

他们越说越热闹，我被挤到了角落里。我不知道自己当下要怎么做，虽然看起来机器人的世界很精彩，而我可能也待不了多久，但既然让我来了一趟，站到了这里，那自然不能什么收获都没有。我还是要想办法去找子钦，就算杨女士嫌弃我。但她是一个病人，我才不要跟她计较。

很多时候，适当的主动还是要有的。我一边这样给自己打气，一边从门口溜了出去。我没想到，我平时超强的方向感，在这里好像失灵了。我在医院里窜来窜去都没找到杨女士所住的病房，最后连机器人房也不知道怎么回去了。

我跟着一群人走到了医院门口，看着人来人往的街道发了好久的呆。我想去外面走走又担心迷路找不回医院，可返回去又不知道可以去哪里。

我突然想，在深圳科学城旁边工地上的小房子里，我正在睡觉。而在这里，我却是站在医院门口无处可去。和上次与子钦相见一样，我都同时出现在两个时空里，莫非这就是网络上人家所说的平行时空？

如果是这样，那在我睡觉的那个时空里，子钦会不会也生活在我不知道的某个地方呢？又或者说，我们还曾出现在许多我不知道的时空里，或许还有过某些交集？我转动着身体，让自己看向外面，阳光和以往看到的没什么不一样。我不知道在每一片云、每一束光的背后，是不是真的如我所想的那般，隐藏了许多不为外人所知的时空。这些时空会同时以自己的方式运转，里面生活的人也都曾出现在其他时空里，经历着相同的事物？在我带着探寻的目光打量它时，它的背后是不是也正有人用同样的目光打量我。神秘永远在人眼看不到的地方手舞足蹈，勾引人的好奇心和探索欲望，所以才会有惊喜出现。隐藏着无数秘密的宇宙，在它把空间分割成无数个时空时，是否就已经为每个生物都做好了安排？

我想起了在绿皮火车上看到的那位老人，想起他脸上的神情和他眼角眉尾处那颗红色的痣。他是不是就是子钦呢？其实我们早已经在上海和这个我还没搞清楚地方的当下以及深圳的那个时空里相遇过了，是吗？只是我失去了在其他时空的记忆，所以要靠"入梦"的方式让我再次想起，再次去接触在其他时空里与我曾有过关联的人？我浑身一怔，被自己这样大胆的想法惊到了。

一个人快速向我跑来，气喘吁吁的。我只觉得眼前一花，就被他推着进了电梯。直到站到杨女士面前，我才看到推我的人正是子钦。我看向外面，太阳光还刺眼得很，他怎么就来医院了呢？

杨女士又要扔杯子，子钦只摆了摆手："你想扔就扔吧，大不了我少吃一顿饭，再给你去买一个。"

杨女士愣怔了一下，到底是收回了手。我不知道子钦是故意这样说，还是他们的生活确实有这么困难，多买一个杯子他都要少吃一餐饭。

我频频看向子钦，但他都没有理我。医生过来了，从他们的交谈中我才得知，杨女士在上洗手间时不小心滑倒了，头磕到地板上，因身边没有人照看，她自己又爬不起来，待医生来巡房时才被发现。而此时的杨女士早已昏迷，医生只好打电话让子钦过来。子钦匆匆忙忙赶过来，都没有看到一直在医院门口的我。他进了病房，安顿好杨女士后，才在医生的提示下去找我。

子钦喂杨女士喝了水，见她的情绪没那么激动之后，才跟她说话。让她不要想那么多，先把身体养好，钱的事他会想办法。杨女士不理他，用被子盖着头，哭个不停。

子钦叹了口气，推着我过去，设置好杨女士吃药的时间，又整理了一下被杨女士弄得乱七八糟的病房，才急急忙忙地离开。

杨女士没再把我推出去，也肯按时吃药，就是一直冷着脸。我不明白，那个会陪着小子钦一起挖坑，一起埋东西，说话还轻声细语的女人，怎么会完全变了一个样？他们到底经历什么？还是说在另一个时空里，他们所经历过的事，并不与这个时空相通？

唉，我的脑洞真是越来越没边界了，一整天都在想东想西，却一点头绪都没有。当子钦推门进来时，我才发现已经到了晚上，而杨女士也睡着了。

子钦给杨女士掖了掖被角，在屋里转了两圈后，大概觉得有些无聊，就从随身的背包里掏出纸笔开始画画。他可能好久都没有这样惬意过了，所以整个人很放松也很投入。连我滑到他身边看了好久，他都没有发现。

我看到他画了木头枪，小板凳，一些我不认识的花花草草，还有穿着稀奇古怪服饰的人。画得有些凌乱，他也没有什么页面布置，大概是想到什么就画什么。当纸上出现一把断了弦的二胡，而他在不断用铅笔描黑时，我好似感到全身的汗毛都竖起来了。

那个小时候在上海某条巷子里的树下，埋下一堆乱七八糟的东西，原来这些记忆他是有的。那我是不是可以这样推论，无论出现在哪个时空里，同一个人的记忆都是相通的。又或者说，我两次进入的是同一个时空，只是对于子钦来说，时间节点不同而已？这样的话，我以后还会见到不同年龄段的子钦吗？

我为自己的这个想法而兴奋不已，不认为它是错误的，否则眼前发生的事更无法说得通了。子钦还在画，二胡已被他完全涂黑，他又开始画树，还有街道，以及那一排小店铺。

当他在两条街道上画下一条长长的直线时，我的眼睛都不敢眨一下了。子钦也完全沉浸其中，他在一步一步复原当时的场景。我想我应该可以从他的画里，找到正困扰我的问题的答案。

## 10

突然，一声刺耳的尖叫撕开了夜幕，也打破了一切。我和子钦同时看向后面，只见杨女士双手乱挥着扑向子钦的画。她咬牙切齿的，把画纸撕成两半，捏成一团后扔到地上，还使劲踩了几脚。

我不知道一张随意涂描的画纸为什么会让杨女士有如此激烈的反应。子钦也很无措，但还是走上前去扶杨女士，让她回床上躺着。杨女士不肯，整个人好似都在发抖。她一边拍开子钦的手，一边骂骂咧咧："你父亲就是因为这些东西才去世的，你竟然还要画出来。"

她这话让我一头雾水，子钦的父亲离世了，还跟他小时候埋在地底下的东西有关？这到底是怎么一回事呢？

子钦没有半句反驳，一个劲点头说自己不好，并一再表示以后都不画了。杨女士还是不依不饶的，一会儿说子钦没心没肺，一会儿又说他害死了父亲。子钦怎么哄她都没用，她的力气还大得很，把水瓶、杯子都打翻在地。

子钦没办法，只好按铃呼叫医生，在医生的帮助下才让杨女士安静下来。待杨女士睡着之后，子钦去了外面走廊。我不放心，就也跟了出去。

子钦坐在走廊的条凳上，双手抱着脑袋，呜呜地哭起来。从他的哭声里，我都能感觉到他的压抑。我本就不是会安慰人的人，有了机器人的外壳后就更是笨手笨脚。哪怕我心里有一堆的话和疑问，最终也只是拍了拍他的肩膀，让他知道，我还在，而且愿意相信他和帮助他。

子钦抬头看了我好久，可能觉得我虽然是个机器人，但应该也能做个好的倾听者，也可能是他确实压抑了好久，已经憋不住了，干脆把我当成一个临时树洞。

他一说到两年前，我就明显感觉到他眼里的光在消失。那次他和同学们一起乘轮船出海去玩，却遭遇龙卷风。船摇晃得厉害，东西摔得到处都是，人根本就站不稳。船上的工作人员吼着让大家抱在一起，或抓着船上牢固的物体，保证自己的人身安全。但就算是这样，还是有人被强风卷入海中，呼救声、哭骂声此起彼伏，到处乱糟糟的。

子钦和几个同学抱着轮船舱间的柱子，一边祈祷一边互相安慰。有同学在一个个呼喊其他同学的名字，哪怕就站在面前，也要喊一喊，听到对方应了才能安心一点。

好在风渐渐停了，所有人都在庆幸自己还活着。子钦帮忙整理轮船上摔得到处都是的物品，同时确认它们的主人。谁都没想到，更强的龙卷风会来得这么快。当时子钦正好在甲板上，被风推着往海里掉的时候，他的脑子里一片空白，惊吓得连呼救声都没来得及喊出口。

明明是夏天，但他觉得海水真冷啊，冷到他骨头里去了。海水争先恐后地往他嘴里灌，他使劲地挥舞手脚都赶不走。海里仿若隐藏了无数双冷漠的爪子，都在想尽办法抓他下去。

当时他唯一的念头就是，他死了后，父亲、母亲怎么办？他从未有过这样的绝望，他本还计划着这次出去玩了回来，待到父亲回家休息时，一起陪身体一直不太好的母亲四处走走。让她多看看山山水水，感受感受各地的风土人情，说不定身心放松，身体就好了。可谁能想到，他们会遭遇龙卷风呢？都说人有巨大的潜能，可所有的潜能在大自然面前什么都不是。在思维渐渐要脱离脑海时，他干脆放弃了挣扎，觉得反正已无路可逃了。

子钦醒来时，发现自己躺在甲板上，眼睛酸涩得很。光，真的好刺眼呀，也让他脑袋晕乎乎的。身边有同学惊喜的呼喊声："子钦醒了，子钦醒了。"

他后来才知道，在他被风推进海里时，船上有个工作人员随即跳下去救他。但因他在海里挣扎得厉害所以导致下沉的速度太快，工作人员跳下去就失去了方向。加上风雨的干扰，增加了搜寻的难度，工作人员只好多次浮出水面换气后再钻入海里搜寻，后面接连有工作人员也跳下去支援。经过几个人近二十分钟的努力，子钦终于被救了上来，在医生的救治下才脱离了危险。可最先跳下去救他的那个人却因体力消耗过大而遇难了。子钦醒来后第一时间就去看他的救命恩人，他惊讶地发现，那个人竟然是孙老板。没有人知道他在海里遭遇了什么，让他整张脸都变了形状。

子钦既愧疚又难过。他不明白之前开乐器店的孙老板怎么会到船上工作，他的同事也没有人说得清原因。船在最近的港口靠岸后，子钦和船上的两个工作人员一起，护送孙老板的遗体回家。

## 11

见了孙老板的妻子郝阿姨，子钦才知道他们当年带着老人和孩子离开上海后去过很多地方，也多次张罗着继续开乐器店但都因各种原因未能成功，日子越来越难。孙老板是家里的主心骨，孝敬父母、养育儿女是他必须承担起来的责任，为了维持一家人的生活，他只好到处去打散工。

后来孙老板听到人家说跟船出海薪水高，他为了让家人生活得好一点，一贯怕水的他硬逼着自己去学了游泳，然后找了份跟船出海的工作。都说人的潜力是无限的，但那何尝不是被生活所迫呢？

他这一干就是十多年，如果不是为了救子钦遇难，估计他会一直干下去。因为他说过，这份工作虽然要长期离家在外，但能让他的家人生活有保障，这就值了。

子钦的心被这些信息揪得生疼。在落入海里的时候，他万分惧怕，他渴望活着，活着才有希望，才能照顾好母亲，才能和父亲团聚。但他绝不想他的活着，是建立在另一个人失去生命的代价之上的。他觉得自己是个罪人，甚至他的每一次呼吸都是建立在孙老板的家人的痛苦之上。

温婉的郝阿姨看出他的异常，双手紧握着他的手，叮嘱他："好好活下去，这一定也是老孙最希望看到的。"

听到她的话，子钦的眼泪成串地冲出眼眶，没有埋怨，没有指责，只是要求他好好活下去。他跪在孙老板的坟头，既是对自己，也是对孙老板和郝阿姨发誓："我一定会尽最大的努力好好活下去，一定不让你们失望。"

他以为这是自他记事以来，上天给他的最沉重的打击。可没想到，他回到家的第二天，就收到了父亲去世的消息。杨女士突然遭受这样的打击，身体承受不住，卧病不起了。

他忙着处理父亲的后事，顾不上安抚杨女士。待他把事情都弄完后，才发现杨女士不太对劲。她经常会对着丈夫的遗像说话，时而命令他去做什么什么事，强调让他什么时候做完什么时候回家，时而还无缘无故生气，又哭又笑的。

子钦知道不能让杨女士这样自欺欺人下去，就想尽办法开解她，以求让她尽快走出来，可都失败了。杨女士只顾着沉浸在那个有着活生生的丈夫的世界里，其他一概不理。他不知道怎么办才好，在杨女士又一次哭闹着让他去把他父亲找回来时，他想起那个同样失去丈夫却依旧温婉的郝阿姨。

他准备带杨女士去见见他们，也要去谢谢孙老板。若不是孙老板，他早就死了，那自失去丈夫后如此神志不清的杨女士，还能独自活下去吗？所以孙老板不单单救了他的命，也救了杨女士的命。

郝阿姨在得知子钦父亲过世后也跟着哭了一场。她又劝说杨女士向前看，说过去的事没有人可以改变，但可以努力让后面的日子好起来。杨女士听了郝阿姨的话连连点头，表示自己一定坚强起来，不再让子钦担心。

在孙老板的坟前，子钦刚跪下去磕头，杨女士突然问他："当年埋在地下的那个盒子，里面的二胡是不是孙老板送给你的？"

这个话题跳跃性太大，时间隔得太久，又是在这样的场合下，子钦一时间都没反应过来。杨女士见他愣怔着不说话，就扑向他，双手紧抓着他的衣服追问："是不是？那把二胡是不是孙老板给你的？"

子钦这时候自然想起来了，他也不明白杨女士为什么在这个时候提起那把二胡。而此时的杨女士整个人都在发抖，她指着孙老板的坟墓："当时，你把二胡和你父亲亲手做给你的小玩具埋在了一起。现在他躺在这里，想到他们俩的东西早就被埋在一起了，却要他一个人去另一个世界，他肯定是不甘心的，所以就把你父亲带走了。"

杨女士一边说一边哭，越来越觉得自己说得有道理。她扯着子钦就往山下走，说只要把那个铁盒子挖出来，把里面的东西分开，是孙老板的还给孙老板，再把他父亲的东西拿回家，这样她的丈夫就可以回来了。

子钦知道，杨女士又陷入她幻想的世界里了，她总是不肯承认她的丈夫已经去了另一个世界，她始终认定他能回来。本来今天是带着杨女士来感谢孙老板的，却没想到她会说出这样的话。子钦既担心杨女士，又怕郝阿姨伤心、恼恨。

郝阿姨却摆手，让他和杨女士先回去。她说："如果按她说的做，能让她高兴的话，那就去吧。"

郝阿姨告诉子钦，去了另一个世界的人常念就好，孙老板虽然是因救他而去世的，但当时换作任何一个人落水，他都会这样做，这是他在接受那份工作时就要承担的责任。所以过去了的事不必念念不忘，不要给自己太多的束缚。最要紧的事是顾好当下，照顾好杨女士，让她生活得顺心、自在一些。如果这些她自己做不到，那么他这个做儿子的，就有义务去帮她做到。

## 12

子钦带着杨女士，按照记忆中的方位回到了上海，可他们在这里已经找不到曾生活居住时的任何痕迹了。山，街道，店铺，都还在，又都变了模样。山不如记忆中的那么高，山上原来坑坑洼洼的黄泥巴也不见了，换成了规则的岩石板块。山脚下的地方宽广了许多，也多了许多各种各样的店铺。在他和杨女士一起埋铁盒子的地方，树不见了，上面盘卧着一个大大的花圃。子钦看着花圃里肆意绽放的各色鲜花不由得想，在改造时，他的那个铁盒子应该就被挖出来扔掉了吧。

在此处长居的一个老人告诉他们，当年两条街道会移动的事惊动了许多人。吸引了很多人来此研究探索，也把很多居住在这里的人吓跑了。他本来也想跑，又想到自己没地方可去，再加上独自一人，而危险在哪里都有。当然，也是因为他还想知道街道究竟为什么会移动，所以就留下来了。他还清楚地记得，那段时间，每天都会有人在两条街道上画直线，精准记录街道移动的距离，以便尽快推算出它们移动的速度。

可让所有人都没有想到的是，没到一个月后，画上去的直线不再错开了，街道止步不前了。大家都想不通，一直有规律走了二十几天的街道，怎么突然就停下来了呢？有人甚至猜测街道既然会行走，那就证明是有生命力的，而世界上凡是有生命力的事物，就免不了会疲倦会饥饿，所以会停下来休息也正常。可十几天过去，两条街道还是没有移动一丁点。就好似沉睡了无数年的它们，突然受到某种刺激清醒过来，并开始行走。可走着走着又觉得没意思，便再次陷入沉睡。大家的各种推测都失败了，也渐渐失去了探究的欲望。

之后就是连着十几天的大风大雨，街道排水口经常出现堵塞的情况，水排不出去，水位在不断上升，街道两边的店铺全被淹了。跟着而来的是山洪，好在当时居民已被转移至安全的地方，没有人员伤亡。山洪之后就是重新规划整顿，才渐渐成了现在这个样子。

子钦听了老人的话，眉头拧成了疙瘩，是不是在他发现街道会移动的那个时候，就已经在预示着这里后面所历经的大雨及山洪？还是说这处地下的板块出现了问题，才会导致街道自行移动，而自动停下是因为它找到了合适的驻点？他觉得这想法简直是钻进了死胡同里，怎么都找不到头绪。

杨女士听到铁盒子可能找不回来了，整个人就都不对劲了，不依不饶的。她说死的东西埋在地底下又长不出手脚，铁盒子一定还在原来的地方，就在那个花圃下面，只要把花圃挖开来就可以找到。老人听到他们想挖花圃找东西，连连摆着双手阻止。他比画着当时为了弄这个花圃费了多少人力、物力，他反复强调："请了大设计师弄的，都说这里风水好。"

杨女士不管，她认为无论这花圃是怎么来，风水有多好，都和她没有关系。而是这地底下有她家的东西，对她很重要，所以必须挖出来。老人看看杨女士又看看子钦，叹了口气摇头走了。

子钦也知道不可能真的去挖开花圃找东西。先不说他们已经不能确定当时埋东西的确切位置，就算能他们也没有破坏公共设施的权力。他不顾杨女士对他的打骂，硬着头皮带她离开了。

回来后，杨女士的身体越来越差，神志也越来越混乱。有时她看到子钦会说："我儿子才五岁，你不是我儿子。"

她一直喊着丈夫的名字，吵着要去接他回家。

她清醒的时候又会抱着子钦说："你父亲走了，他不要我们了，以后我们母子好好过。"

子钦不想荒废学业，又得顾及生活，只能一边学习一边挤时间兼职，常常忙得脚不沾地，就越来越没时间陪杨女士了。他只能顺着她，无论她说什么做什么，他都不敢反驳，担心她受了刺激身体会更不好。

可他没想到，这样的杨女士就如一个易碎的娃娃，受不起外界任何干扰。当她看到邻居家的孩子手中拿着一把木枪，她立马就扑上去抢，还喊着："是你们，是你们把我们埋的东西挖出来了，为什么不还给我？"

邻居家的孩子被杨女士吓得大哭，子钦说尽了好话才让人家没再揪着这事不放。但他也知道，杨女士继续这样下去是好不了的，就想办法哄着她来医院接受治疗。因他白天已挤不出时间照料杨女士，所以医生向他推荐了机器人。

杨女士问子钦，机器人要不要工钱。开始子钦说不要，杨女士不信，偷偷去问别人。她知道请机器人要钱后，就拒绝机器人照顾，还埋怨子钦乱用钱，一点不会心疼自己的父亲，不懂挣钱的辛苦。

我这才知道，杨女士为什么会那样排斥我。

看到子钦讲述得泪流满面，我心里很不是滋味。他这一路走得真不容易，在他的父亲离世后，生病的杨女士能依靠的只有他了。看他也不过二十来岁，就要撑起一个家，要当好自己母亲的主心骨。说起来或许只须几行文字就能讲述明白的事，但能做好的又有几人？

我真想让张老师在我的身体里安装一个情感集成的芯片，让电容器通过电子无序的流过而产生溶剂，再经过我的眼眶流出液体，让我真的有共情能力，让我可以和他一起哭一场。可是我什么都做不了，在他布满复杂情感的目光中，我忍不住告诉他："你们埋的那个铁盒子，现在在深圳，在一个科学城旁边的工地里。"

其实我还想告诉他，我已经把铁盒子挖出来了，现在就放在我的床底下。而我也凭此去到了上海，和他一起见证了街道的秘密，还看到他埋铁盒子时的情景。但我到底是没说出口，因为我看到子钦惊讶到极致的表情，然后就是用看杨女士时的眼神看看我。我知道，他肯定以为我的精神也出了问题，不然怎么会说出这样"不着边际"的话呢？可是他忘了，机器人的所有思维都是程序设置好的，再怎样也不会有精神出问题这一条。但我也无法向他说清楚，他埋在上海地底下的铁盒子是怎么走去深圳的，而我又是如何得知的。

我只能用我没有温度的双手拥抱他，我希望我能给予他依靠，让他可以暂时放下所有难题。子钦没有难过多久，他摸了把被泪水爬满的脸庞，就推开病房的门去看杨女士了。

就杨女士这个情况，医生建议他们换一个环境。她现在拒绝接受现实，也不能提及过往，精神又极度脆弱和紧张，或许一个陌生的环境，才能让她放松，有利于恢复。

因子钦优异的学业成绩，很快就申请到了国外交换生的名额，他将带着杨女士一起前往。我虽然很担心他们，但就如子钦所说："我知道，前方有无数困难等着我，但我一定可以克服。"

我相信他！

## 13

送子钦和杨女士离开医院，我通过医生的指引，去找了张老师。我希望他可以把我改造成一个有温度的机器人。

我醒过来的时候，天刚蒙蒙亮，小叔还没有醒。我又看了看铁盒子，才轻手轻脚地出了屋子。天边还有未隐去的星星，它就吊在半空中，与我遥遥相望。我突然想，一颗星星是不是也可以代表一个时空？那子钦是在哪一颗星星里呢？

我正仰头看得起劲，小叔从后面踢了我一脚："你是准备用眼睛在天上绣花吗？"

是谁说在工地上做工的都是没文化的大老粗，我看小叔这句话说得就很有水平。虽然是夸张了点，但我确实存在把星星盯出一朵花来的想法呀。

小叔催我赶紧去吃早餐，然后早点上工，等太阳热起来再下工休息。老方尽职尽责得很，从挖掘机的原理讲到它的生产厂家，又举一反三，说要让我达到只须看一眼就能分辨其优劣的水平。我哪是那块料，他说得口干舌燥我都没记住几句，心愧疚得很，就趁中午溜去工地旁边的小卖部给他买水。

小卖部门口，一个小女孩坐在地上，拿铅笔戳着简笔画大全。我又想起了子钦，他用铅笔仔细描绘二胡的样子，他被杨女士指责时委屈的神情，还有他泪流满面时的隐忍，哪怕生活处处不如意，他却一直在积极应对，在为杨女士也为自己寻找一个最好的活法。

我不知道子钦是不是也会在我现在的这个时空，而我会不会遇见。那个与我在绿皮火车上遇见的，在脸上同一个位置有着与子钦一样红痣的老人，会不会就是子钦呢，或者说是和子钦有什么关联的人？这究竟是我的胡乱猜测还是真的，没有人可以知道，也无从考究。但这样好的子钦，有着与我在其他时空两次相遇的缘分的子钦，不管他是否会再次出现，我都不想让他的模样随着时光而淡化。

我准备把子钦画下来。我在小卖部里买来彩铅和素描本，给老方买水的念头早被我抛去了九霄云外。我现在只想找一个安静的地方，好让我可以尽快把子钦画出来。

为了避免小叔问东问西，我准备爬到挖掘机的驾驶室去画。可我爬上去才发现老方正在里面睡觉。想到这是我打算应付小叔盘问我不回宿舍的借口，一时都不知道该说什么好了。

被我搅了午睡，老方也不恼火，还挪了挪身体，让了点地儿出来。他这样我反而不好再退出来了，再加上我也确实不知道还能猫去哪里。看到老方又闭上眼睛睡了，我只好赶紧坐下来，轻手轻脚地做自己的事。

对于素描的喜爱，源自初中同桌的影响。我当时还挺嫌弃，觉得这对于学习来说纯粹是浪费时间。可同学却说，是因为我不懂素描的可爱，他说完又非拉着我一起画，倒是让我练出了一些手感。说实话，在今天之前，我真的不觉得素描还有可爱之处。可当我把子钦的模样在纸上描绘出来时，我第一次认同了同桌的话。

"你认识袁博士？"老方刚睡醒有些沙哑的声音吓得我手一抖，在纸上戳了个洞。

我有些气恼地瞥了他一眼。他当没看见，指了指我的素描本，再次问道："你认识袁博士？"

我有些无语："什么袁博士，这是子钦。"

"你叫他子钦？袁博士是叫袁子钦？你们的关系那么好的吗？"老方满脸的不可思议，"你不是说你家是贵州小山村的，那怎么和海归博士搭上关系的？你们是亲戚？那也不对呀。"

他这一堆问题把我砸晕了，好久才反应过来，我不知道子钦姓什么，而他不知道袁博士叫什么。那袁博士是不是就是绿皮火车上的老人，又是不是我在其他时空相遇过的子钦？

我激动得连笔都握不住了，急声问老方袁博士是谁，住在哪里。老方一脸看神经病的样子看着我："你们都这么熟了，你都叫他子钦了，你还问我他是谁，住在哪里？"

我知道，如果我告诉他我去了另外的时空，认识了那里一个叫子钦的人，哪怕只是在梦里，他估计立马就会跳下挖掘机，再也不理我了。

我只好撒谎，说自己画的是一个同学，并不认识他说的袁博士。

老方摆明了不信："世界上有长得这么像的两个人吗？连眼睛边上的痣都一模一样？"

但老方还是跟我讲起他是怎么见到袁博士的。我们工地的队长前段时间不知道是吃错了东西，还是被什么虫子咬的，起了一身的疙瘩，痒得要死。老方陪他去医院看了，医生说的专业术语他们都听不懂，按医生开的单去拿了内服和外用的药。照医生说的用了药，可一个星期都没什么改善。

后来听其他工友的建议，换了几家医院，每个医生说的话都差不多，也都开了药，但症状不但没减轻，疙瘩还越来越多，也越来越痒了。队长被折磨得受不了，抓得血肉模糊的，在听到工友说医生可能没尽心尽责帮他治时，当场就坐不住了。

队长冲去医院找医生，也不是闹事，就想让医生给想个法子。老方担心他冲动起来会坏事，就跟着一起去了。他们到医院找到当时给队长治疗的医生，好声好气地把事情说了。可医生摊着双手表示这个只能慢慢来，叮嘱他按时按量吃药，不要抓，抓破皮了更难好。队长简直生无可恋，他也不想抓，可就是痒得受不了呀。

队长觉得医生是"站着说话不腰疼"，看他一脸淡定的样子就生气，声音也就越拔越高，听起来像吵架。老方不停地在后面扯他的衣服，提醒他不要这样激动。队长哪顾得了那些，一门心思让医生给他换一个治疗方法。

这时，从走廊另一头走过来几个人。在了解清楚事情的来龙去脉后，一个瘦高个、眼角有一颗红痣的老人抬了抬下巴示意："让我看看。"

老方说到这里，点了点我的素描本："他脸上那颗红痣也是在这个位置。"

我已经激动得不行，催着他接着往下说。老方往靠背上一倒，跷起二郎腿："事情就这样啊，走投无路的队长碰到个愿意给他看病的人，虽然不认识，那还是要看一下了。再又听到旁边的人喊他袁博士，更是一点顾虑都没有了。"

袁博士给队长看了后，从包里掏出一瓶药，让队长一天擦三次，三天就好了。老方扯着嘴角，样子很得意，好像是他治好了队长的病。他竖着一对大拇指："就看一眼，一句话没问，就治好了，你不服气都不行。"

## 14

我觉得老方有点夸张，就拿着素描本去找队长。队长说的话和老方一样："你认识袁博士？"

那看来是没错了。他们认识的袁博士和我画在素描本的子钦很像。但我觉得不能凭一颗痣就断定他俩有什么关联，我准备去见见袁博士。

我问队长袁博士在哪家医院上班。队长拧眉看了我一眼，手往对面一指："深圳湾实验室。"

他说，人家袁博士那天是去医院给医生授课的，他不是医院的医生，他是深圳湾实验室的科学家。

我管他是医生还是科学家呢，我只是去看一看，他是不是真的像子钦，或者说他是不是就是子钦。虽然我两次见到的子钦，年龄相差了十几年，而听老方和队长说的袁博士是个老人，但也不是没有可能的。毕竟时空谁也无法捉摸，在哪个时间段出现也就都有可能了。

我本来是想着先去科学城踩踩点，了解了解深圳湾实验室，最好能弄到袁博士上班的具体位置，再考虑后面的事情。可又觉得那样太麻烦，在这样严谨的地方还有可能被当成盗窃者。多次权衡后，我还是直接带着素描本和已被老方修好的二胡来到实验室。没想到我运气还挺好，刚走到实验室大门口，就看到一个眼角有着一颗红痣的人出来。我一眼就很确定，他就是我们当时在绿皮火车上遇到过的那个人。我听到旁边有人喊他袁博士，当时也不知道是怎么了，觉得自己也应该喊一下，就直接走过去冲他喊了一声："子钦。"

喊完我的心就跳得厉害，但已经喊出口的话也收不回来了，只好在袁博士看过来时强装镇定。袁博士却对我笑了："小朋友，你是在找一个叫子钦的小朋友吗？"

我立马抬头挺胸，表示自己不是小朋友，而我找的叫子钦的人也可能是他。袁博士先愣了一下，继而是一阵大笑。他还说：

"我记得你，就是那个说什么来着，哦，对了，吃香的喝辣的，是不是？"

我想到当时的情景也笑了。他和蔼可亲的样子让我的胆子大了许多，就说我有许多想不明白的问题，希望他能给我解开谜底。他指着他身后的大楼告诉我，这里面的人每天都在发现问题和解决问题中跟时间赛跑，跟自己赛跑。遇见的问题虽然总是很多，有许多还找不到解决办法，但他们始终相信，总有一天他们可以找到。他还跟我强调，很多时候自己找到问题的谜底，比别人给的要有意义得多。

我忍不住吐槽，真不愧是博士，随便逮着一个人就可以讲一大堆哲理。我不断回想子钦的样子，想把他和面前讲大道理的袁博士重合起来，但怎样都觉得对不上。

袁博士对我摆了摆手，就想转身离开。我自然不答应，也有些生气。我知道我很唐突，但在我说出我找的子钦可能就是他时，他怎么可以什么都不问，而是说了一堆乱七八糟的话来打发我？就算是我错了，他难道就不能直接告诉我吗？

袁博士的随行人员想拉开我，但被袁博士阻止了。他走到旁边的花坛边坐下，示意我坐到他旁边，然后他问："为什么叫我子钦？"

我突然反应过来，他或许已经认定我是一个随意给人乱取别名的人了。想到这个我赶紧摆手，深吸了口气给自己鼓劲，不管他相不相信，我都要把这些事讲给他听。

我讲完好一会儿都不敢看他，担心他会和小叔一样，认为我是魔怔了。袁博士没有说话，我眼角的余光瞄到他正仰望天空，有些刺眼的光线让他的双眼眯了起来。从他的眼睛缝隙里，我看到有光闪过。

我是沉不住气的人，更讨厌拐弯抹角，就觉得不管是什么都应该摊开来说，说得越详细越好。像现在这样一堆事压在心里，而身边的人要么不相信，要么沉默不语，让我觉得自己像个傻子。

可能是我脸上急切的神情太过明显，袁博士突然笑了："我不是子钦，我甚至不认识叫子钦的人。你觉得我们很像，是因为我们在脸部同一个位置有一颗同样颜色的痣。我只能告诉你，人类的基因非常神奇和强大，确实存在许多我们目前难以理解的东西。而埋在地底下的东西会移动，有可能是土壤的物理性质发生变化，以及外部振动波的影响，和你在其他时空见到的那些好像也没有什么必然的关联。"

我知道，在这个世界上，肯定有相似的人。他们或许毫无关联，也不知道彼此的存在。也许就如袁博士所说的吧，人类的基因尚有许多未曾被人类破解的"密码"。也许是这些基因在合成或运转时有了某些相似的点，所以才有了相似的人？至于那个铁盒子怎么移动的，和我为什么会见到子钦，这中间有没有关联我就更想不明白了。

袁博士随意竖起根手指往上点了点："就像你刚才说的，或许在我们眼睛看不见的地方，真的就有许多个小格子，每个格子代表了一个时空。而宇宙中的所有生物都随机分配，甚至是同一个生物在不同的时间段里，被分配到几个或许多个时空里。说不定现在坐在这里闲聊的我们，就在其他时空里，有着不同的身份，做着我们想象不到的事情。这样一想，你在别的时空里，遇到不同时间段的子钦，也就不奇怪了。"

怎么不奇怪？你自己都说是"说不定"了。我一脸的不满意，觉得困扰我的事情并没有得到解决。如果每个人都同时在不同的时空中生存，那么在那些时空的我，会遇到子钦吗？是不是也会发生一些神奇的事情？

还有那个铁盒子，在上海的那个时空里，子钦将其埋到地底下。而在首都的时空里，他和小时候的记忆是相通的，那是不是表示我去到的只是一个时空的两个时间节点而已？而且这时间节点是在我们这个时空前面才对，不然我也挖不到铁盒子。我记得很清楚，无论是上海的子钦还是后来的子钦，说的都是首都。

袁博士看到我纠结的样子哈哈大笑："那可不一定，时空虽然是平行的，但不代表它的时间节点也按了顺序。"

他说完又跺了跺脚，才接着说："我们的周围是有磁场的，可能是你启动挖掘机的那一下，打破了它的磁场，所以让一些事发生了改变。我只能说，秘密无处不在，但我相信答案也是，只是找到它们需要一些时间和毅力而已。"

我到底是没有找到想要的答案，袁博士却对我带去的二胡很感兴趣。当他用弯头勾动琴弦，音窗里飘出悦耳的声音时，我仿佛看到有光在上面走过。我想，这些声音如果能冲出我这个时空的结界，去往那个有着子钦的时空就好了。袁博士拉的二胡调子欢快得很，他笑眯眯地告诉我，相遇是缘分，不管是在哪个时空，只要相信时光是相通的，那么有些东西就可以去到我们心中所想的地方。如果真是这样，我期待还可以去不同的时空，见到不同时期的子钦。那个时候，我一定要告诉他，我们曾一起经历过的所有事情。又或者，有一天，我可以在其他时空里与不同的自己相遇。我们可以愉快地闲聊，就像我时常跟自己对话那般，无话不说。我也相信，现在困扰我的这些事情，在将来，在坚持不懈探索宇宙奥秘的科学家们的共同努力下，都可以找到答案。

而我，也会努力追寻他们的脚步，迈进宇宙神奇的大门，追寻时空的秘密，找到我想要的那束光。

# 幻想家

刘　罡

陈默是个话痨，和谁都能聊两句。尤其是喝了酒，口若悬河，满嘴跑火车，AI 都跟不上他的思维。

什么地壳世界、造物星球、流浪星球……

储备量惊人，每次喝多他都能编出精彩的故事。

哥几个总开他玩笑，说他当保安屈才了。有这能耐，当个作家、编剧啥的，不比当保安强吗？

这话，倒不全是开玩笑。

至少，我认为他是有这个能力的。

可惜，陈默比哥几个境界高。他认为撸串、喝老青岛、刷抖音才是人生。

不过，他摆烂得不够纯粹。虚荣心强得可怕。有人问他在哪高就，他总吹嘘说自己是做科研相关工作的。也不能说毫无关系，

S 实验室的保安倒也有点科技含量。

近水楼台先得月嘛，说不准哪天他就开窍了。

前些天陈默约哥几个喝酒。

我有事，晚了一个小时。时间拿捏得刚刚好。陈默三瓶老青岛下肚，已经开始讲故事了。

"罡哥，今儿你买单啊。"

"咋地，你约我就是为了让我买单？"

"这话说的，迟到难道不惩罚？这是规矩！"

"上次你迟到不是罚三杯酒吗，啥时候改的规矩，也没通知我一声呢。"

"我……"

不等陈默说完，乔奕就跟着瞎起哄"那你干一瓶"。就不干了，我还是老实点买单吧，谁让咱酒量浅呢。陈默和乔奕一点儿也不跟我客气，乔奕喊服务员加了一打生蚝和一盆小龙虾，陈默服务员都懒得喊，自个儿去搬了三箱老青岛踩各自脚底下。烧烤店老板娘都看傻了，她哪见过这阵势。别说老板娘，我和乔奕都有点蒙。平时我们也就三个人喝一箱，一人四瓶。四瓶就是我的极限了，他俩都见过我吐，也不劝我多喝。

"默子，你玩命啊！"

"这点酒对我来说也就漱漱口。你俩不行可以认输，咱不劝酒。"

"默子，你别跟我玩这套。你别以为我跟罡哥一样小酒量。一箱啤酒，可吓不住我。"

"阿奕，你说这话我就不爱听了。我酒量小，酒胆大。有能耐咱喝白的，用碗喝。"

说这话我心虚得很，生怕他俩真同意拿碗喝白的。得亏陈默不喜欢喝白酒，他说白酒喝多了容易断片，他得时刻保持清醒。最扯淡的是他总说啤酒能喝出老家的味道。

对我来说，几杯酒下肚，全世界就只剩酒精味。

"罡哥，阿奕。今晚是坦白局。"

"坦白啥？"

"谁坦白？"

"我去，默子你不会是……"

乔奕挪了挪屁股，装作一脸嫌弃。

他开玩笑，我可当真了。默子老是跟我勾肩搭背，贴着我耳朵说悄悄话，时不时给我使个眼色，这么一想，瘆得慌啊。

"你想多了。"

默子冲乔奕翻了个白眼，喝完杯中酒，欲言又止。这行为在我看来很奇怪，他平时语速很快，想到什么说什么，嘴比脑子快。

"你到底想说什么。"我皱眉问默子。

"就是，别磨磨唧唧。"乔奕附和。

"坦白局。顾名思义，我要坦白一些事情。但我怕你们接受不了，受刺激，所以咱多喝点酒。喝醉了，我讲得自然，你们听得也没压力。"默子板着脸，正经地说。

"切，以为啥事呢。说吧，我倒要听听看你又编了个多离谱的故事。"乔奕给自己倒了杯酒压惊。

"怎么现在讲故事还带表演呢。"听到默子胡扯我松了口气，啧啧说道，"演技略显浮夸，有待提升。"

默子难以置信地看着我和乔奕，摇了摇头，眉头皱成橘子皮。沉默片刻后，沉声说："其实，你们猜得不算错，却也不对。"

"得了吧。"我抿了一口啤酒，感觉有点不对劲。他似乎没有撒谎，或者说他在表演方面也有极高的天赋？

"我是没有性别的。不只是我，我家乡的人都没有性别。"默子声音不小，也不怕被别人听见难为情。

"你是蚯蚓还是水母……"乔奕嗤笑。

"听我说完。"默子声音有些冷。

"能不能不要那么离谱，讲点贴近生活的故事不行吗。"乔奕脾气不好，默子又很固执，我真怕他俩吵起来，只好打个圆场。

"罡哥，我从来没有欺骗过你们。我讲的每一个故事都是真实的。你可以不听，但不可以不信。"

"行，你继续编。"乔奕轻哼一声。

"我的家乡在另一个位面，我们的文明非常发达，发达到可以穿越壁垒来到你们的位面……"

"这故事，你讲过了。没新意。"乔奕再一次打断了陈默。

"别插嘴，听我讲完。"陈默提高声调，瞪了乔奕一眼。随后，将瓶中酒倒入杯中一口喝完，接着说："位面穿越需要巨大的能源，穷人想都别想。我是我们位面一个大型生命星球的富二代，我花了家里大半资产才获得了一次位面穿越的机会。"

"所以，你到地球旅游来了？"乔奕的语气有些嘲讽。

"不全是。我家乡的智者正在讨论开发另一个位面的可能性。据说，曾有过先例，只是那个造物星球在战争中灭亡了，被他们开荒的不同位面的生命星球被遗忘了……"

"等等。你不会想说，地球就是那个被遗忘的生命星球吧！"听到这，我忍不住开口。

"孺子可教也。"

"滚！"

"位面穿越不但需要支付高昂的钱财，还得找到造物星球所开荒的生命星球的坐标。所以，说旅游不准确。对于穿越者来说，这是一场生死冒险。我运气好被传送到了正确的坐标。一些被传送到环境恶劣的生命星球的穿越者，未必能活着回到家乡。"

"传送是随机的？"

"没错，你们的位面有若干生命星球。以我们目前的科技，只能判断某个星球是否拥有生命，无法判断生命星球的具体情况。"陈默用手抓起最大个的生蚝，吃得满嘴油："当然，我们是有保命措施的。我们随身携带能量晶石，触发即可回归母星。"

"那为什么还会有人遭遇不测。"

"我们被传送到生命星球的地点也是随机的，可能被传入大海，可能被传入原始森林，也有可能被传入冰天雪地……我当年就被传送到了大马路上，出了车祸。醒来时，我的能量晶石不见了。"

"哎呀妈，你可真能吹呀。我服了！"乔奕举杯，重重地与陈默碰杯。又示意我举杯："罡哥，你今天行啊。"

S实验室

　　我被他说得愣住了，看了看手边的啤酒瓶，更蒙了。我已不知不觉喝了三瓶酒。我酒量浅，很少主动与人碰杯，更别说自饮三瓶了。更奇怪的是我竟没有醉意。

　　"所以，你回不去家乡了？"我敷衍地喝完杯中酒，问陈默。显然，陈默的故事比啤酒更加吸引我。

　　"本来我也以为回不去了，认命了。"

　　"本来？"

　　"我找到了我的能量晶石。"

　　"拿出来我瞧瞧。"乔奕摊手。

　　"要是在我身上，我早就拿出来了，还用你说。"说着，陈默叹了口气。

　　"切。"乔奕瞬间没了兴趣。

　　"能量晶石在哪！"

　　我没控制好情绪，声音盖过了隔壁桌摇骰子的声音，引来不少目光。这让我有些羞耻，人家喝多了都聊美女、忆往事、数人脉、吹地位，我倒好，问陈默"能量晶石"在哪。

　　陈默投来异样的目光，仿佛第一天认识我。

　　"罡哥，你相信我说的话？"

　　"你不是不允许我们不相信吗，我配合你而已。"

　　"好，我告诉你。"陈默环顾四周，确认没人偷听，低声说，"能量晶石就在我工作的地方。"

　　"S实验室？"

　　陈默点了点头，给我比了一个噤声的手势。

我竟也跟着点了点头。

乔奕惊讶地看向我，仿佛第一天认识我。

"可惜啊，可惜。"

"你可惜什么？"

"神经病竟然会传染，罡哥你以后离我远点，我怕我也变成神经病。"

"你不会。"陈默笑着说。

"为什么？"乔奕脱口而出。

"你没脑子，没脑子的人不会有神经病。"

说完，陈默举起杯，大概是怕把乔奕给激怒了。毕竟，乔奕不但脑仁小，心眼也不大。并非我不厚道，实在是我笑点低，一笑就收不住。得亏陈默损乔奕的时候，我嘴里没酒，不然得喷他们一脸。

不知不觉，酒已过半。

六瓶酒，我吐了两回。

脑子却异常清醒，没有眩晕，没有恍神。

乔奕与陈默的酒量不相上下，状态不同。

乔奕喝得越多越结巴，想说什么都表达不清楚。

陈默喝得越多越伶俐，想说什么都别想插上嘴。

趁着乔奕去卫生间，陈默坐到我旁边，勾肩搭背，对我耳语。我吓得一激灵，酒瞬间醒了一半。

"罡哥，我说的都是真话。我很快就会离开地球，离开你们。阿奕不相信我说的话，我也不想再解释了。如果有一天，我突然消失了。你就告诉他，我回家乡了。我来得时间短，没什么财富可以留给你们。告诉你一个秘密吧，地球上不只有你们所谓的人类，还有造物星球遗民。"

"什么！"

"造物星球毁灭后，留在地球的'造物者'们所拥有的能量晶石失去了作用，回不去了。"

"你可真能吹啊。"

"信不信由你。'造物者'曾经无比强大，也正是因为他们的强大与野心，才导致了他们的灭亡。"

"所以，造物星球是多个生命星球围攻的？"

"不是多个，是上百个。"

"你所在的星球拥有可以穿越位面的科技与能量水晶，是否也参加了毁灭造物星球的战争？"

"这个，我不清楚，年代太久远了。或许吧。"

"你认识造物星球遗民？"

"不认识。我在寻找能量晶石的过程中发现了一个神秘组织。我混入了他们内部……"

"等等，有点乱。"

"哦，我忘了告诉你。我也是智者，在我们家乡不算出色，但地球现有的科技对我来说是小儿科，入侵你们的暗网不难。"

"所以，你通过暗网混入了造物者组织？"

"误打误撞罢了。"

"没获取到什么机密？"

"造物组织分很多层级。以我伪造的身份，只能获得最低级的权限，只能获取一些基本的信息。据我所知，随着造物星球毁灭，一些尖端科技也随之消失，包括带至地球上的科技装置也失去了作用。当年，被派遣到地球的造物者皆为观察者，或者说是监察者，没有智者。所以，造物星球遗民繁衍至今，都未曾出现可以重振昔日辉煌的智者团队。但瘦死的骆驼比马大，只要给他们足够的时间，他们总会崛起的……"

"所以，你打算将造物者组织的消息传回家乡？"

"本来是有这个打算。"

"现在呢？"

"如果我将这个消息带回家乡，你们会受到牵连。甚至，整个地球都会被重启。"

"重启？"

"对，重启。"

"怎么说？"

"地球上的生生息息，只是造物者设定的程序。如果把这比成游戏，那么最早登陆地球的造物者就是 NPC（非玩家角色，即不受玩家操纵的游戏角色）。地球没有按照他们预设的方向发展，他们就会修复 BUG（程序错误）并按下重启键。那么地球就会出现文明迭代。"陈默从我这拿出一根烟点上，放到嘴边，又熄灭，"造物星球毁灭，监察者就与母星失去了联络，丢失了重启键。他们再也无法掌控地球的命运，造物星球遗民只能沦为这场游戏中的角色。"

"所以，你认为造物者是邪恶的？"

"不，造物者是伟大的。可惜，他们太超前了。太急，步子迈得太大了。他们只懂科技，不懂人心。"

"那么，你认为造物星球的技术应该被保留，造物者该被取代？"

"我认为怎么样都不重要，我只是家乡的无名小卒。"

"也许吧。也许你曾经是无名小卒，当你携带造物星球遗民的秘密回到家乡时，你就是尽人皆知的英雄了。"

"英雄？"

"是啊，英雄！你想当英雄吗？"

"想啊，谁不想当英雄。可是……"

"可是什么。"

"可是，我不想用朋友的性命来换这个虚无缥缈的称号。"

"所以，为了我和乔奕，你不会把这个消息带回家乡？"

"也许吧。不只为了你和乔奕。"陈默熟练地拧开小龙虾的尾巴，抽出筋，"这儿美食一流，女人漂亮，啤酒爽口……"

"你不是说你没有性别吗？"

"没有性别，不代表没有兴趣。"

"你认为人类很完美了？"

"不完美。不完美就对了。我认为地球很好，不需要重启了。"陈默深呼吸，又长叹一口气，"可我在想，如果有一天造物星球遗民崛起了，他们重新拥有位面穿越的科技，甚至拥有可以毁灭一切的能力，那些曾经入侵他们的星球将会毁灭吧？"

"也许，他们会以德报怨呢。"

"啊——如果换作是地球被毁灭了，或者说你的家园被毁灭了，你会以德报怨吗。"

"不会。"

烧烤店的工业风扇突然坏了，深圳三十度的天气，着实有点热。老板娘连忙跑来打招呼，说里面有空调，让我们进去坐，隔壁桌的人不乐意了，质问老板娘，凭什么只让我们进去坐。

这时，乔奕甩了甩手上的不明液体，摇摇晃晃地走了过来，怒声说："我们先来的，里面只有一张桌空着，我们进去坐，你有什么意见！"

我惊讶地看着乔奕，他上了个厕所，说话居然不结巴了。

"谁看见你们先来的。"

说着，隔壁桌七个年轻男人先后站起身，指着乔奕的鼻子吼。满嘴喷粪，骂得很难听。陈默缓缓起身，拨开乔奕，冲着对方骂得最凶的人沉声说："你想找事？"

陈默声音不大，却震慑住了对方。一米九的大高个用冰冷的眼神盯着，谁不怵。

老板娘低头哈腰，跟两边打招呼。又是说打折，又说送啤酒。对方依旧不依不饶，非说要坐里面。

"完美吗？"我轻笑，喃喃自语。

陈默显然听见了我的话，转头对我笑了笑："已经够完美了。我们家乡的人可没有这么多情绪。多有意思。"

听完陈默的话，我松开了握紧的拳头，有些释然了。

"夏虫不可语冰。"我冲着几人冷冷一笑，转头对老板娘说，"让他们坐里面吧。"

乔奕觉得我怂，不满地瞪了我一眼。

陈默却很淡然地坐回原位，笑着对乔奕说："阿奕，你是第一个上卫生间的，赶紧自罚一杯。"

"什么第一个。罡哥，都去了两次卫生间了。"

"他那点小酒量，别把他当人。"

"也对。"

"你俩什么意思。老板娘，上白酒！"

老板娘"哦"了一声，却没给上白酒。一来是看见了我使的眼色，二来嘛人家也怕出事。

之后，陈默没再讲故事。

哥仨像寻常人一样，天南海北，天马行空，聊到哪算哪。懂不懂的都得插上两句。

那晚，我吐了三次。

醉了，却也醉得没那么彻底，头晕目眩而已。

以前，我想清醒却不能。

那天，我想一醉方休却保留了一丝清醒。

陈默和乔奕一起送我回家，一人架着我一边胳膊。

羞耻！

丢人！

人家喝醉都是美人扶着，我这倒好，就像两个彪形大汉架着个不愿被押赴刑场的犯人。

说来也巧。

路上碰见了隔壁桌那几个醉汉。眼神对视，即刻察觉对方的敌意。那几个人骂骂咧咧，啥难听骂啥，给我酒都骂醒了。

吵架我没天赋，一激动就浑身发抖，嘴瓢，脑子宕机。

乔奕大概和我一样，没吵几句，就跟别人干上了。

陈默和我对视一眼，加入战斗。

警车像埋伏好似的，战斗还没分出胜负，警察叔叔就收网了。我对警察有种天然的畏惧，那晚我一点儿也不紧张，和两个年轻女警官有说有笑。大概是酒壮怂人胆吧。

她们把我当醉汉哄着，我却乐此不疲。

当然，我心里还是有点数的，没有太过火。否则，说我调戏警察，罪名可就大了。

与对方完成调解，我和乔奕先后被放了。

陈默却一直没消息。

中午，实在等着急了。我壮着胆，再次走进派出所，询问陈默的情况。一位大高个中年警官告诉我说陈默态度恶劣，不愿与对方和解。

这让我很费解。我们哥仨就属陈默脾气最好。分开录笔录属正常，分开调解不太正常。陈默态度恶劣，不愿和解，就更不正常了。

"警官，我朋友是个老实人，怎么会不配合呢。弄错了吧？"

"没弄错，具体情况不方便透露。"

说完，大高个警官转身离开。莫非态度恶劣是假，陈默身上有事？

"难道默子的身份暴露了？"

"你说什么鬼话。不是吧，罡哥。你不会真的相信他是外星人吧。"

"阿奕。陈默的故事那么精彩，讲得那么细致，你就真的一点都没有怀疑过吗？"

"我怀疑什么，怀疑默子是另一个位面的穿越者？怀疑地球是造物星球遗弃的玩具？"乔奕嗤笑一声，沉声说："那我是不是还得怀疑你就是造物星球的遗民。"

"行了，你不信也不用说风凉话。"

乔奕的话令我心头一颤。如果没记错，陈默与我聊造物星球与地球的话题时，乔奕去了洗手间。

想到这，我倒吸一口凉气。

我与陈默、乔奕几乎同一时间结识。

回头想想，过分巧合。

S 实验室举办的科技展，我主动认识了正研究宇宙飞船模型的陈默。我们相谈甚欢时，隔壁传来一个粗犷的笑声。

我与陈默同时看向枪械展台，看看谁那么没素质。

"这些武器看上去很科幻，很先进，却不实用，无法用到大规模的战争中，至少现在不行。"

"你放屁。这些武器在不久的将来一定会成为主流。"

"别说将来，将来怎么样谁也不知道。"

"为什么不能说将来？我们的现在就是曾经的将来。将来会有更多的科技。将来我们会进入太空，甚至可以找到第二个地球，也许还会发现许多外星文明……"

"狗屁外星文明。我们所在的宇宙就是一个可以粉碎一切的黑洞，任何外部物质都会被黑洞碾碎、融合。"

"你对宇宙一无所知。地球若真的被外星人发现，地球上的生物将荡然无存。"

"不要崇洋媚外。以我们的科技发展速度，就算被外星文明发现又如何，干就是了。"

"科技是用来服务人民的，不是用来打仗的。"

"一群棒槌，懒得跟你们说。"

几名科学爱好者与乔奕吵得面红耳赤，素质都不高。乔奕说不出个所以然，索性不说了。离开枪械展厅时，不小心撞到了陈默。

"不好意思，哥们。"

乔奕与科学爱好者争论时，粗鲁得很。这会撞了人，又挺有礼貌。

陈默对这愣头愣脑的男人起了兴致，笑着与他交流了起来。科学的事，只聊了两句就聊不下去了，大概是认知不同。

此时，一位穿着清凉，气质出众的年轻姑娘从身前走过。二人视线不约而同地交汇到一点。

呃，三人。

我生怕他俩臭味相投，在科学城聊起女人。

"你俩音量太大，别影响到别人，咱找个咖啡厅聊吧。"

"喝啥咖啡，都大老爷们。要喝就喝酒。"

"那敢情好。"

…………

自那以后，我们就成了酒肉朋友。

原本以为，经过那晚的"战役"，我们的关系会更进一步，成为战友。

仔细想来，有些诡异。

先不说陈默的故事。平时最粗俗，最简单的乔奕似乎也藏着秘密。或许，藏得最深。就在我打量乔奕时，他也正看着我。我们对视了至少十秒钟，我竟看不透他。

整整四十八个小时，陈默才离开派出所。

我和乔奕给他接风。

我们像往常一样，一人四瓶老青岛。

陈默，很沉默。

乔奕，很安静。

而我，很茫然。

陈默看我的眼神特复杂。

一会儿怨恨，一会儿同情，一会儿理解。当然，这只是我的看法。他心里到底想的什么，我无法得知。我想看看乔奕的反应，可他低着头，我也搞不明白他究竟想些什么。

在此之前，我一直认为我比他们聪明。可笑！

老板娘主动给我们免单，说是感谢上次的事。

我们没有拒绝，也没有感谢。

乔奕离开后，陈默把我喊到便利店，买了两瓶柠檬茶饮料，坐在门口的不锈钢长椅上，聊了会儿。

陈默拧开柠檬茶，喝了一口，打了个酒嗝，缓缓地说："罡哥。你相信我的故事，对吗？"

我没有立即回答，拧开瓶盖，猛灌了一大口，低声说："对。"

"所以，你举报了我，说我有神经病。一旦我被关进精神病院，就无法取回能量晶石，地球就安全了。"

"什么？"

"你不用否认。我在派出所时，被两个精神病医生轮番检查。"

"我，没有。乔奕……"

"罡哥，你别让我看不起你。乔奕根本不相信我的故事，他没有必要，也不可能陷害我。"

"好，我不解释。但我想问你，你真的了解地球吗？"

"什么意思。"

"如果你真的了解地球，了解地球上的人。那么，你应该明白，人是狡诈的，是会伪装的。你说你是家乡的智者，那你不应该想不明白。"

"罡哥，别这样。我知道谎言被当面戳破很难堪，可我们是兄弟，是朋友。我不怪你。能量晶石，我会想办法取回的。你也不用费尽心思去阻拦我，你做不到的。"

"未必。"

陈默冲我笑了笑，笑容里充满自信。随后，他身体虚化，冒着热气，像滚动的水银般蠕动着。

他竟变成了一个女人！

烧烤店老板娘？

"你……"

"不用太惊讶。我说了，我没有性别。也就是说，我可以变成任何我见过的人。"

"不可能！"

"没什么不可能的。不相信的话，你给我一滴血，或者你的毛发，我明天就可以变成你。"

"为什么要等到明天？所以，你一天只能变化一次？那么你的变化，是有代价的。"

"聪明。或许，你在我的家乡也能成为一名智者。"

"你要带我回你的家乡？"

"有过这个想法，但不是现在。一枚能量晶石，只能带一个人离开。而且，我不只想带你，我也要带乔奕。如果可以的话，我想带一批地球人离开。"

"异想天开。"我轻哼，冷声说，"你家乡的智者寻找地球的目的不言而喻。他们要的是开发、控制另一个位面的生命星球的方法，而不是生命星球本身。他们会毫不犹豫地攻占地球。届时，地球会成为老鼠仓，我们则是小白鼠。完成试验后，老鼠仓与小白鼠对他们又有何用。"

"如果说我拥有一个生态环境与地球相似，面积大地球几十倍，未被开发的星球的坐标呢？"陈默停顿了一会儿，继续说，"就在你们的位面，离地球不算远。"

"不可能。如果有，早就被发现了。"

"确实早就被发现了。是被我父亲发现的，他位面穿越时发现了那颗生命星球。"

"为什么不上报？"

"因为，他发现了宝藏。"

"宝藏？"

"能源矿。"

我沉默了很久。

陈默看出了我的震惊，给我时间缓冲。隔了好一会儿，他才继续说："你是否愿意与我一同去那个星球，做那儿的造物者。"

此话一出，我脑子一团乱麻。

太疯狂了。

"不，不可能。以我们现有的科技，无法抵达你说的坐标。再近，短时间内都无法抵达。"

"以你们现有的科技确实不行。可你别忘了，我是智者。"

"你会造宇宙飞船？"

"不会。但，我知道核心技术与材料。"

"有造宇宙飞船的技术，你们完全可以征服你们那个位面低等文明的生命星球，何必要位面穿越呢。耗费那么多资源，去一个未知的位面，找一个失落的星球有意义吗？你们要的到底是什么！"

"能源。文明等级越高，能源越稀缺。"

"宇宙浩瀚，能源用之不竭。这是小朋友都知道的常识。兄弟一场，你把我当智障吗？"

陈默嘴角上扬，凑过来要对我耳语。

我本能后倾，伸手制止："你赶紧给我变回来，瘆得慌。"

陈默继续凑上前，我长叹一声，放弃抵抗。

察觉到我不自在，陈默嘚瑟得很，装得千娇百媚，夹着嗓子说："哎哟，罡哥，你记性可真差。刚告诉你我一天只能变化一次，这么快就忘了。你可真没良心……"

"你能不能别那么恶心。"

"早就告诉你我没有性别，我变成老板娘后就随了她的取向。你知道这意味着什么吗？"

"说。"

"意味着，老板娘对你很有兴趣。难怪，她总对你眨眼睛。"

"我怎么这么想抽你呢，能不能正经点？"

"我很正经啊，跟你说的每一句话都是实话。你知道的。"

"能造宇宙飞船，可以位面穿越的宇宙，会缺能源？这话就很假。"

"'能源'是个笼统的词。每个位面所拥有的能源不尽相同，地球所在的位面被我们称为黑暗位面。"

"什么位面！"

"黑暗位面。"

"为什么？"

"因为黑暗位面拥有别的位面没有的黑暗物质。"

"暗物质我略有耳闻，黑暗物质没听说过。再说，这与能源有什么关系。"

"在你们看来，暗物质是虚无缥缈，对人类生活不构成任何影响的东西。但，对于我们来说它是圣物。暗物质分很多种，黑暗物质就是其中一种。更有可以用来造武器的暗物质，比你们所谓的核武器强大若干倍。某些特殊的暗物质可以代替位面穿越所需的能量。甚至有能够令时间倒退或静止的奇异物质。当然，这些物质很难转化为能量……"

"别扯淡。有点谱行吗？"

"地球所在的位面宇宙，被一个巨大的黑洞包围。我相信，你听说过。"

"你别告诉我这是真的。"

"没错。我说的黑洞与你们理解的黑洞不一样。笼罩你们宇宙的黑洞是由黑暗物质所组成的。是纯粹的黑暗物质，而不是驳杂的暗物质。"

"所以，你父亲发现的那颗生命星球充满了黑暗物质？"我托着下颌，疑惑地问陈默："那不成了黑洞？黑洞又怎么会是生命星球呢？"

"不，那颗生命星球没有黑暗物质，也没有暗物质。"

"不可能，暗物质无所不在。这我还是知道的。"

"那颗生命星球不但没有暗物质，还有另一种极其稀有的能源矿。"

"你不是说我们星球最稀有的能源就是暗物质吗，没有暗物质又有能源矿。这不矛盾吗？"

"不矛盾。"陈默点燃一根烟，一口吸了小半根，"暗物质的作用，我已经告诉你了。我家乡需要它，我却不需要。我父亲找到的那颗生命星球所拥有的能源矿，刚好克制暗物质。它是一种液体，覆盖了大半个星球。稍微过滤一下，就可以当水……呃，当酒喝。喝下去，会有微醺感。效果比地球上任何补品都要好，能进化身体，却不能喝多。否则，会死。父亲用猛兽做过试验，不过滤直接让它喝，一杯下肚，先是七窍流血，身体鼓胀，皮肤皲裂，后来急剧收缩，血都蒸干了。"

"大半夜的，讲什么恐怖故事。"

"爱信不信。"陈默白了我一眼，接着说，"那种物质很神奇。肉眼能看见，仪器却检测不到。任何先进的仪器检测的结果都一样。父亲将它称为'源'。"

"不可能。如果真有这么神奇的星球，早就被我们发现了。"

"能源矿的上方，有一层水雾，雾很浓，罩着整颗生命星球，使得它与世隔绝。所以，它对于我来说是生命能源，它是用来生存的而非毁灭。"

"你的家乡不好吗？"

"好。"

"那为什么？"

"没朋友。"

"没那么简单。"

"也没亲情。只有社会地位与价值。我的价值，就是为家乡找到'地球'，为父亲重回'源星'铺路。"陈默冷哼了一声后，微笑着对我说,"可我现在不想要他们赋予我的价值,我想创造属于我自己的价值。你愿意陪我一起实现吗?当然,还有乔奕。"

"没用的,我下载了国家反诈 App。"

"滚!"

先不论故事真假。

即便陈默说的都是真的,也很难实现。

首先,宇宙飞船如何制造。知道核心技术又如何,需要庞大的资金、人力以及时间。其次,所谓的"源星"虚无缥缈。所谓的液体能源有进化身体的作用,怎么想都不靠谱。

除了我,谁会相信他的故事。

怎会有人愿意抛家弃子,跟随他前往"源星"当什么造物者。真是离谱到家了。

"罡哥。咱格局大一点,你都相信有位面穿越了,还有什么不能相信的。再告诉你一个秘密,我家乡人的平均寿命相当于三百个地球年。而我父亲,活了一千个地球年……"

"因为他喝了源星的液体能源矿?"

"你太聪明了!聪明到不像地球人。"

"对对对,说不准我和你是老乡呢。你可别扯淡了,活了一千个地球年,你爸是黑山老妖吗?"

"父亲感觉到生命快到尽头了,所以……"陈默叹了口气,接着说,"原本'源星'的秘密他是不会告诉我的。奈何,他一直被严密监视着。"

"你父亲想要液体能源续命?"

"是的。"

"他为什么被监视？"

"他穿越后，身体素质增强数倍，寿命延长，且未带回任何有用的信息。你觉得这种情况，不被监视合理吗？"

"那他当初为什么要回家乡呢。"

"他和我的理念不同。他想要将能源矿带回家乡，获取更高的社会地位与财富。可惜，他位面穿越时，没有携带足够大的容器。当时的科技，造不出。"

"所以，你有？"

"你看我有吗，要不你搜身？"

陈默张开双臂，挤眉弄眼，贱兮兮的样子，属实欠揍。想到他没有性别，也就释然了。

"我很好奇，你们家乡的人没有性别，如何生育？"

"我们可以说没有性别，也可以说有两种性别。我们想生育很简单，没有你们那么复杂的流程。我们有基因库，成年时必须留下基因，登记入库，并获得申请基因匹配的资格。基因库是按社会地位划分的，地位高的人才能匹配到优秀的基因。当然，一些厚积薄发的智者，可以获得再次匹配基因的资格。获得军功或特殊荣誉的人也可以获得再次基因匹配的资格。"

"我现在明白了。"

"你又明白什么了？"

"明白你为什么说地球完美。"那晚，我第一次从紧张的情绪中解脱。陈默的话让我获得了一丝慰藉。相较于没有爱情、友情、亲情的世界，人类的任何缺陷都是可以忽略不计的。

陈默先是愣了愣，随后会心一笑："对于我来说，地球人的情绪是宝藏。对，不了解地球，或者说未曾到地球生活历练过的家乡智者来说地球人的情绪是一种毒药，是必须被清除的污染源。"

我似懂非懂。情绪是污染源？陈默家乡的智者即便不念亲情与友情，不重爱情，却不可能没有任何情绪，不然与行尸走肉有何区别。地球并非没有科技。克隆技术、机械技术、AI技术……科学家尝试复制基因，达到永生。试图用机器代替人类身体，完成永生。某些极端的科学家，正在研究用AI造出新的人类。了解到陈默家乡的情况，我渐渐明白，这些尖端科技没有广泛运用，甚至被永久禁用，是有原因的。

"罡哥，我再问你一遍……"

"不用问了。你的计划，无法实现。"

"为何？"

"你造出一艘宇宙飞船，我就跟你走。"

"原来你在担心这个。"陈默充满自信地笑了笑："我再告诉你一个秘密，地球上不只有地球人。"

"你脑容量多少G？不，肯定上T了。"

"你别不信。地球上文明更迭了多少次你知道吗？你们的位面有多少生命星球文明毁灭，流浪宇宙，你知道吗？"

"你的意思是，有外星人潜伏在地球？"

"没错。且，不止一个种族。"

"越说越离谱。如果外星人有横渡宇宙的科技，潜什么伏，直接攻占地球多省事。"

"如果地球有让他们恐惧的力量呢?"

"核武器?"

"不,我说的是造物者遗民。"陈默直勾勾地看着我,嘴角上扬,接着说:"你们地球人有句俗话,瘦死的骆驼比马大。一个能够位面穿越,能够造物的种族,有多强大,你都想象不到。即便造物星毁灭,监察者依旧拥有超越此位面文明的武器。"

"什么武器。"

"我哪知道。就算没有武器又如何,造物星遗民完全可以引爆主机,同归于尽。显然,潜伏于地球的外星人要的是生存,而不是去毁灭。"陈默顿了顿,接着说:"你想啊,造物星监察者原本拥有重启文明的权限。造物星毁灭,监察者后裔失去了重启权限,并非失去主机。急眼了,大不了强制关机。"

"照你这么说,你的家乡想要占领地球也是不可能的咯?"

"强行占领成功率不大。"陈默冷着脸,沉声说:"不过,我家乡的智者不介意地球毁灭或者重启。他们要的是造物星遗留在地球的科技,地球毁灭与否,对于他们来说又有什么关系呢。"

"所以呢,你得到造物者的科技了吗?"

"得到与否,对你来说重要吗?"

"重要。"

"总之,我可以找到潜伏在地球的外星种族,修复他们的宇宙飞船。"陈默再次沉下声来,郑重地对我说,"我真诚地邀请你,与我一同前往'源星',共创伟业,造就辉煌。"

"你当保安之前，干过传销？"

"滚蛋！我就问你，愿不愿意。像个爷们儿，别婆婆妈妈。"

"等你拥有宇宙飞船，再来 PUA 我。"

"行。"陈默说完，立刻补充道，"哦，对了。乔奕那边就交给你了，你去 PUA 他。"

"有点难度。"

"不难。等我驾着七彩飞船来接你们，由不得他不信。"

"好，我等着。"

往后的一个月，我大部分时间都泡在 S 实验室。陈默与他口中的能量晶石都人间蒸发了。

陈默一个月没联系我。

乔奕同样没有联系我。

这一切像是一场梦，或者说一场科幻电影。

梦总有醒来时，电影终有散场时。

我们哥仨的纠缠却刚刚开始。

就在这一天，上头给我发了一张图片。图片顶端，赫然印着四个红色大字"绝密档案"。这四个字，并未让我太过惊讶，却是下方的姓名与照片惊掉了我的大牙。


姓名：肖一

编号：096

年龄：29

单位：749

军衔：少校

职务：外勤办事员

任务：潜伏、甄别、监控外星来客

…………

档案右侧的照片栏中的肖一与我哥们乔奕一模一样。

照片中的肖一面容冷峻，俨然一副神圣不可侵犯的军人气质。我认识的乔奕整天嘻嘻哈哈，脏话连篇，没个正形。我盯着档案，哭笑不得。即便早有心理准备，等真的看到档案时却有些接受不了。我这俩哥们都很有才华嘛，演技是一个比一个厉害。

乔奕，肖一。

删除信息后，我取下出机卡，重新藏入深圳湾实验室其中一台设备的间隙中。那台设备名为"无"，所有放在此设备上的物品都会"消失"，不是真的消失，类似隐形战机。肉眼能看见，雷达之类的仪器却探查不到。当然，此设备的科技含量要比隐形战机高。毕竟，其中融入了陈默所谓的暗物质，只是此项技术尚未成熟，暂时无法用于军工。

离开实验室，我换回了日常使用的手机卡。

网刚通，一连着收到三条微信。

一条是陈默发来的，一条是乔奕或者说肖一。

另一条是小暖，我女朋友。

小暖本名不叫小暖，小暖是我给她起的昵称，她的体温比一般人高，冬天被窝暖暖的。

原本，她是我的助理，编号 90001。

90001 是她的本名。

破格录取她做我的女朋友是有原因的。

她从 90001 个 AI 人中脱颖而出，是唯一拥有思想的 AI 助理。

当然，是有试用期的。

试用期内，不服从指令，情绪不稳定，抑或忠诚度降低到 90% 以下，将会被解雇。被解雇意味着不合格，不合格就没有存在的价值了。

忠诚度，50% 由系统判断，50% 由主人判断。

小暖毕竟是 AI，她深知我这里的 50% 忠诚度的重要性。所以，她对我唯命是从。主动讨好，甚至有些谄媚。到底是 AI 人，她很了解我的喜好。这倒是其次，最让我离不开的是她的学习能力。"知识"方面与别的 AI 助理大同小异，战斗力强得离谱。自从她拥有了思想，身体就变得异常灵活。自由搏击、传统武术、冷兵器、热武器，皆属顶级。亲测！我可没少吃苦头。

我与小暖的缘分很微妙。

第一批 AI 人试验品，成功的只有两个半。

小暖是那半个。

为什么只算半个，这就有点玄妙了。按道理来说，判定 AI 人失败与否的首要因素是技术层面的。小暖却有身体上的缺陷，丹凤眼，小脸蛋，淡紫色的短发，身高一米七，乍一看身材特匀称，细看就不行了。这都不是最重要的，最重要的是她爱斜眼看人，高冷得很。呃，有时高冷，有时又有些狡猾。

经调查发现，某个脑子不好使的技术人员某天在光明区蓝鲸世界商场碰上了个气质很好的美女，形象莫名地刻入了他的脑海。私心作祟，他把心中的女神形象做成了 AI 人。

我好奇，问他为什么不弥补一下女神的缺陷。

他不等我把话说完，就冷着脸说什么他的女神是完美的女人，请不要侮辱他的女神。我一气之下，点了她的女神。不是跟我叫板吗，我把你女神领走，你能奈我何。

那位脑子不好使的技术人员当时就蒙了。

他只管造人，哪想过会成为别人的嫁衣。哭得天昏地暗，满地打滚。40 多岁的人了，也不嫌丢人。我可不惯着他，搂着他女神的腰签字认领，离开了实验室。

我看到小暖的嘴角露出一抹微不可察的笑容。

当时，以为看错了。

毕竟，AI 人是没有思想，没有情绪的。

到家，我开始测试她的功能。

斟茶倒水，洗衣做饭，揉肩捏背，无所不能。

当然，正经事也不耽误。

我用来掩护身份的工作比较普通，一个前身为铸造厂的科技公司的办公室副主任。

说是副主任，实际就是打杂的。

人事招聘、奖补申报、客户接待、商务接送、后勤琐事、日常采购、活动策划、安全培训与检查，包括会议纪要都得我来整理。

有了她，我的工作轻松多了。

文字上的工作，她都能帮我解决。要不是怕暴露，我干脆直接让她入职，把我的工作都给干了。

别看她长着一副冷面孔，懂事得很。

领她回家的第一晚，她就趁我洗澡的工夫，把被窝给暖好了。那是我第一次深切地感受到了她异于常人的体温，很温暖。我要感谢那个脑子不好使的技术人员，想得真周到。只是，深圳的冬天很短。平常一到晚上就得把空调开到16度，一冷一热，经常感冒。

那晚，我第一次叫她小暖。

片刻恍神后，她脸上浮现一抹微笑。当时我没多想，以为是那位技术人员设定好的指令。相处的时间越长，她露出的破绽越多。短短一个月时间，就破案了，我发现了她的秘密。

小暖坦白，她从一开始就拥有思想与情绪。

不只如此。严谨地说，她根本不算是AI人。她拥有那位脑子不好使的技术人员口中女神的部分记忆。

她竟是一名外星"移民"。

得知此事，我立刻带小暖前往基地。

见到技术人员，小暖本能地后退，躲在我身后，身体微颤，脑壳嗡鸣。她仿佛失去了一段痛苦的记忆。

审讯并不顺利。

审讯人员上了不少手段，技术人员始终一声不吭，仿佛换了一个人，绝对的硬汉。他满脸血渍，眯着眼，似笑非笑，时不时舔舐嘴角的伤口。以我的经验判断，此人要么是个心理扭曲的混蛋，要么是别有用心的间谍。总之，他是邪恶的。

当然，他是间谍的可能性微乎其微。

毕竟，我们对普通成员的审查都十分严格，更何况是核心的技术人员。

审讯持续了一个星期，技术人员始终没有开口。

他的工作日记已全部销毁，无法恢复。

如何截取记忆，输入 AI 人体内？记忆截取、植入搭配基因复制、克隆技术是否等于永生？

记忆的主人在何处？

背后是否有人操纵？

所有的疑问，都得不到答案。

审讯结束后，召开会议。

会议持续了三天，主要分析小暖记忆的真实性，应对危机的方案，以及调整已有计划，如何执行新的计划。会议结束后，上头单独把我叫到封闭的暗室，强制给我安排了一个几乎不可能完成的任务。

离开基地后，小暖情绪极不稳定。为了让她好好替我打工，我带她吃喝玩乐，体验摆烂人生。对此，小暖乐此不疲。我一度怀疑，此前她情绪低落，会不会是装的。

一段快乐时光后，我的计划开始了。

…………

"我的计划开始了，等我。"

我点开陈默的头像，他的信息最简短，也最让我惊讶。

他的故事，我只相信了一半。"源星"的事，我认为是扯淡。现在看来，未必是假的。如果地球所在的位面真的拥有"源星"，那么我们谋划的一切都有可能实现。

思考了一会儿，我点开乔奕的头像。

"罡哥，你躲哪个犄角旮旯去了，电话都打不通。有空回个电话给我。有重要的事情和你说。"

乔奕的信息在我预料之中。

他约我是必然的，约我的目的却未可知。或许是因为陈默，抑或是别的什么事。

总之，没什么好事。

"老爷……"

严正声明，我不是变态。"老爷"这称呼起初我并不接受，很别扭。小暖非要这么喊，说是尊重。我尊重她的尊重。

"老爷。陈默进入了神农架深处，452 星难民区域。能量晶石不久前确实在 S 实验室。现在已被转移，位置还没查到。"

看到小暖的信息，我倒吸一口凉气。

陈默这家伙胆子也太肥了，452 星难民区尽是些暴徒，每年都有不少误入其中的普通人遇害。一些尖端科技，无人机、机器人、AI 人也没少被那些个暴徒拆散架。小暖拥有一段 452 星难民区的模糊的记忆。我想，记忆的主人应该就来自那儿。

这么看来，"源星"未必是陈默虚构的。

心中有了猜测，我立即给陈默回了信息就两个字"等你"。

随即，我打通了小暖的电话。

"你立即回来，陪我去见个人。"

"好的，老爷。"

"带上装备。"

"老爷要见谁？"

"乔奕。"

"哦，他有问题？"

"是的。"

"明白了。"

挂断电话，我再次关机。

小暖回来后，我重新开机。给乔奕回了条信息，"陪小暖玩呢，手机刚充上电"。接着，我又给乔奕发了 CS 真人射击训练基地的定位，约他在那见面。大约隔了五分钟，乔奕给我回了一个"OK"的手势。

CS 真人射击训练基地位置很偏僻，项目也比较冷门，大多是团建客户。周末生意还行，工作日几乎没有顾客。当然，生意好赖与老板的业务能力有很大的关系。

我选择的这家训练基地，老板就比较佛系。

偌大的训练基地，就他夫妻俩。

没生意的时候就在场地里遛遛狗，喂喂鱼，累了躺藤椅上喝喝茶。到了周末，就等着顾客上门，从不揽客。

照理说，这么做生意早就黄了，可他就是那么半死不活地撑着。能撑到现在，自然是有原因的。老板是手艺人，技术好。装备保养、维护、调试得好，后坐力、精准度与真枪无异。

老板曾是一家民营机械厂的车间主任，因设备老旧，安全隐患颇多，厂子被迫解散。失业后尝试找工作，要么厂子嫌他年龄大，学历低，要么他嫌厂子给的薪水少。

老板很早就到深圳打拼了，攒了点家业。

妻子见不得丈夫情绪低落，赌上一切，支持他创业。

他们运气不错。

房价高峰期卖掉福田区两套百来平的老房子，转头在光明凤凰城买了一套小面积的新房子，剩下的钱当作启动资金创业。

有了钱，却没想法。

老板只懂机械技术，对做生意一窍不通。

开饭店赔钱，卖奶茶赔钱。

老板娘劝说，让老板做他擅长的事。

开机械厂不现实，首先资金不足。租厂房，购买设备，工人工资，每样都得花钱。况且，机械行业内卷得厉害，同样价格、同样品质，客户不会选择一个新开的小厂。想以价格赢得客户，就更白扯，价格已经是半透明的了，降得少没优势，降得多得亏钱。正一筹莫展时，一个长相甜美的小姑娘，给老板发了一张传单。传单上印着几个醒目的大字"CS训练基地，免费试玩"。

老板一下子就来了灵感。他是军事狂热爱好者，又精通机械，这生意也许能做。

试玩以后，他信心更浓。

CS训练基地的枪械与装备跟塑料玩具似的，手感极差，准心偏差大得离谱，场地布置也很不讲究。

老板一夜没睡，权衡再三，始终没有勇气下决定。

毕竟，这生意投入不小。

第二天中午，老板娘风尘仆仆地回到家，什么也没说，笑着将手中的银行卡递给了丈夫。

老板接过那张沉甸甸的银行卡，心里很不是滋味。

如果没有猜错，卖老房子剩下的钱，新房子抵押的钱，变卖嫁妆的钱，都在那张卡里。

老板看着妻子手上和脖子深浅不一的肤色，陷入沉默。

"没事，每天戴着太重了。早就想卖了。"

他们从下午到晚上一直躺在床上。展望未来之余，反复复习早已生疏的床笫学问。

后来，就有了现在的 CS 训练基地。

当然，这是我从老板醉话中寻找蛛丝马迹，拼接、修复出来的故事。肯定不如陈默的故事精彩，可在我看来，这段故事非常令我感动。不提陈默的故事，乔奕的故事，我的故事，小暖的故事，哪个不是曲折离奇。可我们的故事都缺少了些温度。会令听者神往，却不会心动。

…………

烈日当空。

一辆越野车缓缓驶入训练基地，车牌号"粤 BWS250"。这种靓号也只有乔奕这种靓仔能驾驭。

乔奕单手拽扶手，转身跳下车。属实有点装，那么高的个头，有必要嘛。显得车高大？戴个蛤蟆镜，黑色棒球帽，穿着 Polo 衫，白色休闲裤，不知道的还以为他是来打高尔夫的。

"这地方够有意思的。"乔奕摘下墨镜，啧啧说："没想到罡哥还有这爱好。"

"这不是约了您老人家嘛，投其所好罢了。"

"别闹，我可不会玩枪。"

"巧了，我也不会玩枪。"

"那你约我来这几个意思。"

"打高尔夫。"

"你说啥！"

"你不是神秘兮兮地说有重要的事和我聊吗？这地儿多好，少个把人十天半个月都不会被发现。"

"罡哥，你这就没意思了。咱不就玩个 CS 嘛，搞什么心理战。"

我拍了乔奕的肩膀，压低声音："阿奕，我玩 CS 很认真的。你要小心被爆头。"

乔奕甩开我的手，啐了一声："别搭着我肩膀，晦气。"

"咋地，你还想添点彩头？"

"必须的。"

"你说，想怎么玩？"

"你输了，就跟我走。你也别问我要带你去哪。"

"如果你输了呢？"

"如果我输了，任你摆布。"

"你有什么可摆布的。"

"那你说,你想怎么样?"

"等你输了再说。"

"好!"

老板将二十个机器人战士领到我们的面前。我为红方队长,乔奕则是蓝方队长,各自带领十个机器人战士对战。每个机器人战士的能力值都有所不同,我们需要根据机器人战士的能力排兵布阵。

准备好一切,老板点了根烟,慢悠悠地说:"你们谁付钱?"

"输的付。"

我与乔奕异口同声。

老板看了看乔奕,又看了看我,自顾自地笑了笑。大概是惊讶于我们既默契,又针锋相对的状态。

反正,怎么看我俩都不像正常人。

我与乔奕将机器人战士领到自己的阵营。

制定战术、排兵布阵是需要思考时间的。我的想法是趁乔奕立足未稳,思考战术时,我直接发动突袭。机器人战士最不缺的就是执行力,定能干他个人仰马翻。

说干就干!

我以为运筹帷幄。

岂料,乔奕那小子抄袭了我的思路。

闪电战成了遭遇战。

打得稀里糊涂,乱七八糟。

丢人丢到姥姥家了，我都能猜到小暖此刻的嘴脸。

乔奕无愧为我的狐朋狗友，遭遇战一开始就机智地躲起来了。当然，我也一样。

电光石火间，闪电战变成遭遇战，最后又演变成游击战。

一顿操作猛如虎，最后剩俩二百五。

我找了一块石头做掩体枪口对准一棵大树，时不时开上一枪。

乔奕躲在大树后头，不敢轻易移动。

看似我占了先机，实则不然。我须时刻保持专注，乔奕却可以逸待劳，一旦我打瞌睡，他的机会就来了。当然，我也可以主动出击，却不稳妥。

我们就这样僵持到天黑。

训练基地突兀地响起广播，老板用蹩脚的普通话喊了两个字"加钱"。

吓得我一激灵。

这老板也忒不是东西了，能逃单还是咋地。非得吼那么一句，差点吓得我失禁。

我抬手，对着监控比了个"OK"的手势。

决战开始。

我赌乔奕会趁着天黑反攻，赌他会低估我的枪法与反应。我唯一要做的就是守株待兔。

可我，轻敌了！

当我听见沙沙声，我知道为时已晚。

转身时，胸口多了个红点。

乔奕爽朗的笑声对我来说十分刺耳。

我尽量保持冷静，大脑飞速运转，很快就发现了问题所在。老板是罪魁祸首，他那声"加钱"给了乔奕翻盘的可能。对于一个训练有素的军人来说，哪怕只是一瞬间的机会都不会错过，更何况乔奕是"749"的外勤办事员，不会弱于电影里的特工。

输，我是不承认的。有些丢人罢了。

当我胸口出现红点的同时，小暖已瞄准了他的眉心。

乔奕曾说，出门在外只要脸皮够厚，就没有办不成的事。所以，我没必要愧疚。

"罡哥，你这就没意思了。"乔奕黑着脸，语气低沉。

"我也没说这是一场公平的对决啊。战场只有输赢，哪有绝对的公平。"

"你说得很有道理。"

乔奕嘴角上扬，冷冷一笑。他眉心的红点一晃，消失不见。

我眉头紧锁，顿感不妙。

小暖毕竟是 AI 人，即便有思想，也突破不了程序设定，她没有背叛我的能力。以小暖的枪法与格斗技巧，不该如此轻易被制服。究竟哪里出了问题，乔奕到底藏着什么后手？

一个黑衣人用手枪指着小暖的后脑勺，缓缓朝我逼近。

黑衣人鸭舌帽压得很低，满脸胡茬，远看很抽象。等他走近了我才看清他的样貌，着实惊出我一身冷汗。他除了满脸胡茬之外，几乎与乔奕一模一样。不，不是几乎，就是一模一样。

"克隆人！"

得知乔奕是"749"的外勤人员时我已经非常惊讶了，眼前所见更是令我头皮发麻。我从未想过他是克隆人的可能性，这不科学。

"罡哥，你输了。"

我沉默地看向乔奕，又看了看黑衣人。如此反复。究竟谁是本体，谁是克隆体，我无法分辨。

"罡哥，我相信你会遵守赌约。对吧？"

"赌约，我自然会遵守。希望你也能遵守。"

我话说完，乔奕与黑衣人的眉心处分别出现无数个红色光点。

一直躲在暗处的老板与老板娘现身，身后跟着一群憨憨的机器人战士。我瞪了老板一眼，老板单手握枪，挠了挠头。

"我就是想搞搞气氛，没想到他那么厉害。"

我没与他俩计较，本来也不是专业的，收钱办事而已。创业哪有那么容易，他们想象美好，现实残酷，要不是我背后支持，训练基地早就倒闭了。说不定就流浪街头，变成疯子了。现在还能有闲心饮茶、喂狗？

我的心眼小，我的钱烫手。

收了我的钱，必须办大事。

乔奕冷笑着，不停地拍手。

"阿奕，不至于吧。这点小场面，你就疯了？"

"罡哥，我是真没想到。你们造物组织的外勤人员如此厉害，阴谋诡计层出不穷。"

"彼此彼此，你们'749'也不遑多让。"

"咋地，撕破脸了？"

"你先撕的。"

"说实话，我蛮佩服你的。年纪轻轻，手段就如此狠辣。"

"一点小打击而已，别灰心。我好歹比你虚长几岁呢。"

"恐怕让你失望了。我的本体，可以做你祖宗了。"

"输了就输了，你怎么还骂人呢。"

"输？"

"怎么，你还想翻盘？用一个 AI 人当人质？"我语气强硬，内心是紧张的，乔奕肯定不会知道小暖有思想，并不是一个真正意义上的 AI 人。他更不可能知道，我对小暖是有感情的。

"罡哥，你不会真的以为凭他们两支枪都端不稳的业余选手就能让我认输吧？"

"阿奕，咱别逞口舌之勇。行吗？"

"好，那咱哥俩就玩点刺激的。"

嘭——

老板俩应声倒地，小暖也没幸免。

麻醉枪，声音不大。在我听来，震耳欲聋。

八个人从不同方位出现在我面前。

都是乔奕！

我已震惊到顾不上震惊，麻木了。

控制机器人战士的智脑老板戴着，他失去意识，机器人战士也就失去了战斗能力。无人机设定了不攻击乔奕的程序。显然，在场的每个乔奕都是乔奕。无人机废了。

至此，我已没有后手。

乔奕赢了。

男子汉大丈夫，输就输，没什么大不了的。只要我不认，乔奕就不算赢。他可以强迫带我去他想要带我去的地方。我不同意，我非要自愿跟他走，他能奈我何。

乔奕仰头望着漫天盘旋的无人机，额头冒出冷汗。他拍了拍我的肩膀，会心一笑："罡哥，没想到你这么看中我们的酒肉情谊。"

"少废话，要带我去哪，麻利点。"

"壮士。"

乔奕用一块花绸布捂住我的口鼻，晕眩感一瞬即逝。

醒来时，我已身在暗无天日的封闭小屋。造物组织成员没少失踪，估摸着少不了乔奕的"功劳"。

小屋的门缓缓打开，日光灯照得我头晕目眩。

"你醒了。"

是乔奕的声音，走进来的却不是我认识的乔奕。一个穿着白大褂捧着一沓牛皮纸档案袋的男人，笑眯眯地走到我跟前。莫非乔奕的本体不光有战斗基因，还会搞科研？

"我知道你很好奇我们到底是谁。看完这些档案，你就明白了。"

"我不看。看了就走不了了。规矩我懂。"

"不看，你也甭想离开。"

"当初可不是这么说的。"

"跟你打赌的可不是我。"

"你们的基因有问题，不守信用，不讲规矩。得改。"

"爱看不看。"穿白大褂的乔奕指着墙壁上的红色按钮："万一你想看。看完以后还想跟我聊两句，就按铃。"

我非常想骂他两句难听的，奈何学艺不精，怕骂不过急眼。在别人的地盘动手，不是找罪受嘛。

白大褂乔奕离开后，我盘膝而坐，死死地盯着那沓皱皱巴巴的牛皮档案袋。

档案袋红蜡封口，字迹模糊，目测起码有几十年历史了。

令我好奇的并不是档案本身，我很清楚"749"局是做什么的。让我感兴趣的是第一份档案为什么会叫作"元十九"。

"元十九？"这也太古怪了。

反正被抓来这，也没想着能活着离开。能彻底了解神秘的"749"倒也死得其所。

揭开蜡封，一股难闻的气味扑面而来。

档案内容与我的猜测大相径庭。"元"代表的是克隆人本体，"元十九"则是第十九个本体的档案。

乔奕是"元十九"的第十一个克隆人。

"元十九"本体名为肖禾。他曾是一名优秀的地下工作者，不仅武力超群，智商更是达到了168。他对科学、医学，乃至于文学都有极强的天赋。可惜，执行任务时受了严重的伤，瘫痪了。原本他可以公开自己的身份，光荣退役。可他不愿意，他认为任务没有完成，于是申请成为"元十九"。

如今，肖禾只剩大脑活着，封存在 749 局。他的十九个克隆体分别潜伏在各个领域，替他完成他未完成的目标与理想。

看完档案，我想，我已经猜到乔奕把我抓来这里的目的了。

克隆人终究是克隆人，只复制了基因，等于是新生儿。他们的性格与思想可能会因为各自经历的人生而改变。如果可以将封存的本体大脑与 AI 人融合，那么，十九位战功赫赫的英雄将获得重生。

想到这，我长舒一口气。

他们没有抓小暖，意味着他们还不知道记忆植入的事情，甚至不知道小暖是 AI 人。毕竟，小暖会撒娇，爱生气，懂幽默，又好色。除了体温高于常人，比常人聪明之外，几乎没有破绽。

庆幸，核心管理层与技术部门没有内奸。

试想，把"元十九"的记忆植入克隆人体内，无限复制，将会形成多么恐怖的军事力量。

重点是，他们绝对忠诚。

每一个"元"都是万里挑一的天才人物。

其中，最令我在意的是"元六"，他是一名顶尖的科学家。

我在意的并不是"元六"本身，只是因他受到了启发。如果我们造物组织的科学家可以植入记忆，搭配 AI 技术。那么或许，造物星尘封已久的"造物神号"将有重新启动的可能。

总之，记忆植入太重要了。

我必须再次审讯那个脑子不好使的技术人员。可惜，我能活着离开的可能性不大。

我不能泄露 AI 人技术。

AI 人由程序控制，可不断升级，更新迭代，没有疼痛感，没有情绪，没有思想，在战争中能发挥的作用不会弱于克隆人。不过，克隆人有克隆人的优势。他们有思想，懂得随机应变。

当然，AI 人技术并不成熟，成品率不高。

否则，或许会有 AI 大军前来"救驾"。

…………

我放下最后一封档案的那一刻，门开了。穿白大褂的乔奕与我认识的乔奕一同走了进来。

乔奕不再嬉皮笑脸，一脸严肃地问我："罡哥，现在你了解我为什么要带你来这里了吗？"

"不了解。"

我冷哼一声，对乔奕十分不满。人家陈默比他好多了，默子最起码什么事都跟我商量，有什么想法，先征求我同意。乔奕倒好，直接给我弄晕，带来这破地方。

"不了解没事，还有时间。我带你了解。"

"你有话就说，有屁就放。别给我装高深，要杀要剐悉听尊便。反正你也没把我当兄弟。"

"罡哥。我不把你当兄弟，你还能见到我吗？"

"滚！"

穿白大褂的乔奕瞪了乔奕一眼，转头对我说："请跟我来。"

在别人的地盘，我只能顺从。

我很不情愿地跟着穿白大褂的乔奕离开了暗室。暗室外有一条很长很长的走廊，走廊两侧有若干暗室。走廊看不到尽头，有种无限循环，一辈子都出不去的错觉。

约莫走了有半个钟头，终于看见了尽头。

尽头处，是一座紧闭着的古铜色的大门。

乔奕一阵眼花缭乱操作后，响起了一个清脆的声音"基因验证通过"。

基因锁？

对此，我颇感惊讶。"749"将基因学用得淋漓尽致。仔细想想，倒也合理。毕竟"元八"是基因学专家。

古铜色大门缓缓打开，映入眼帘的景象使我再一次受到震撼。

偌大的基地，没有一个闲人。

基地一共二十一个区域。

每一个"元"的克隆体负责一个区域。乔奕所在的区域则是第十九区，外勤部。

第二十一区是指挥部，唯一封闭的区域。

我本以为白大褂乔奕是搞医学或是科研的，没想到他也是个外勤部的办事员，难怪眼神中有股狠厉的劲。

我进入基地后，各个区域先后升起单向玻璃罩。

只有第七区域，"天文部"仍对我开放。乔奕给我使了个眼色，我只能继续前行。

天文部的负责人是一个老者，他是第"元七"的第一个克隆人。

传说"749"局是研究超自然现象的组织，与天文有什么关联？反正我是想不通。

或许，他们将无法理解的天文现象统统归类为了超自然现象。

毕竟，他们的文明是由更高文明等级的造物星赋予的。

例如陈默，一个拥有能量晶石，可以随意操控性别的位面穿越者。例如小暖，一个被植入了记忆的 AI 人。对他们来说就是超自然现象。

他们抓我，不抓陈默令我费解。

莫非，抓我比抓他容易？

也对，陈默的天赋太犯规了。

当然，乔奕想抓陈默的话，机会有很多。不抓他，定是刻意为之。选择这个时候抓我，必然有所谋划。

一道柔和的光搅乱了我的思绪。

"能量晶石！"

我惊呼出声。关于能量晶石的丢失，我想过很多种可能，却怎么也没想过它会出现在 749 局。

"大惊小怪。"老者一脸得意："土鳖。"

"你！"

老者一下子给我整蒙了。这老家伙是元七的一代克隆人，知识渊博的天文学家。怎么还骂人呢？

"瞪什么瞪。别以为就你们造物组织能人多。我们 749 局底蕴深厚，科技登峰造极，厉害着呢。"

这老家伙什么路数？怎么净夸自己，损别人呢？要说底蕴，地球上谁能与造物组织比？

整个地球都是造物星球的程序。

比底蕴？笑话！

"别以为我不知道你想什么。小时候胖，不算胖。好汉不提当年勇。如今的造物组织只是那井底之蛙。"老者冷笑一声，朗声说："你还别不服气。你们研究的无非是如何修复所谓的'造物者'遗留下来的科技，如何重新掌控地球，如何复仇。我们研究的是星辰大海，万物生灭，宇宙起源……"

我实在听不下去，这老头太狂妄了。不知所谓，我怀疑他不是天文学家，更像是演说家。

什么星辰大海、万物生灭，什么宇宙起源。

强如当年的造物星球，也没研究出个所以然，只能不断试验，不断摸索。地球便是研究所之一。

研究对象还能倒反天罡不成。

我很想怼那老头，却不能。我得保持沉默，小命要紧。那老头贼眉鼠眼的，心眼肯定不大。

老头絮絮叨叨，一顿洗脑。

我经过特殊训练，掌握屏蔽技能。他讲他的鬼话，我做我的白日梦。

乔奕翻了个白眼，咳嗽两声，站到我与那老头中间。

"罡哥，我给你介绍一下。这是我们749天文部部长'袁一'。"乔奕转头对老头说："袁部长，这位是……"

老头摆手打断了乔奕的话，冷声说："别说废话了，我知道他是谁。进入正题吧。"

我简直要被那疯老头逼疯了，是谁啰里啰唆净说废话。

早该进入正题了！

老头斜了我一眼，扭头朝前方挥了挥手。前方凭空出现一个巨幕，无数白色光点，点缀着漆黑的巨幕。

天文直播？

这有什么稀奇的，老家伙不会真把我当成了井底蛙戏弄吧？

老家伙可能猜到了我的心思，发出一声可恶的冷笑。随后，捏手缩放巨幕，白色光点越来越小，最终消失不见。最后，只剩一个周围散发着奇异光芒的巨大黑洞……

"看明白了吗？"

"不明白。"

我确实不明白，不明白袁一有什么可炫耀的。我们组织的天文设施虽然比较陈旧，却不比749的差，祖辈早就发现了黑洞的存在。

"肖一说你是他见过造物组织成员中最聪明、最有思想的。如果他的判断没错，那么造物组织就没有存在的必要了。你在我眼中愚不可及。"袁一眼神与话语中尽是轻蔑。

"既然我愚不可及，那么你们这些聪明人为何要煞费苦心将我绑来，显能耐？"我忍无可忍，冷哼一声，接着说："黑洞有什么可研究的。造物星先贤、地球科学家，包括更高文明的外星种族，终其一生都无法将黑洞研究透彻。你们一帮研究超自然现象的半吊子，凭什么觉得可以定义黑洞？老东西，话我撂这，你要是能把黑洞研究透彻，我喊你大爷。"

"无知者无畏。"

袁一点指打开一段录像，倍速播放。具体多少倍，不得而知。总之，可以清晰地看到黑洞的动态。可见黑洞不断吸扯、吞噬临近的物质。倍速下观看，十分壮观、惊人，令人感到恐惧。

数据分析显示，黑洞每天吞噬的质量，相当于一个太阳。

吞噬越多物质，黑洞越大。黑洞越大，吞噬速度越快。

每一天，数据都不同。

这没什么不可思议的，造物组织早就发现了黑洞的规律。宇宙是无垠的，是未知的。"造物神号"修复完成后，我们会回到属于我们的位面。哪怕黑洞吞噬掉整个宇宙，又与我们何干？届时，我也许会带上陈默与乔奕。酒肉朋友，也是朋友。说来可笑，我只有这两个各怀心思的朋友。

突然，黑洞喷射出一束暗红色的物质，被暗红色物质波及的空间形成一道裂缝。

袁一控制巨幕，将画面无限放大。

裂缝中那与黑洞重叠的星体被吸力拉拽，迅速扭曲，变形，果冻般被吸入裂缝，最终被黑洞吞噬、融合。

"现在，明白了吗？"

"你的意思是说，黑洞最终会吞噬所有位面？"

"看来，你还没有明白。这并非普通的黑洞，而是原初黑洞，宇宙大爆炸生成的。"袁一很满意我一头雾水的反应，略微提高声调："宇宙曾是一片完整的大陆，爆炸后形成无数星球。黑洞无限吞噬宇宙碎片与物质，那片浩瀚无垠的大陆会在黑洞中重组，终将恢复原貌。"

"不可能，这只是你们的猜想。"

"首次发现造物组织时，我们也觉得不可能。什么造物系统，什么毁灭重启，都是天方夜谭。后来，我们相信了。事实摆在眼前，不得不信。"袁一端起大茶缸，猛灌了一大口："既然，你们造物星可以对恒星进行实验，设计什么狗屁系统。那么，会不会有人对宇宙进行实验，设计系统？宇宙爆炸，黑洞吞噬重组，像不像你们的'造物系统'？"

听完袁一的假设，我呼吸急促，心拧成了麻花。

对啊，地球科学家能设计各种设备的系统。造物星的先贤可以对不同位面的生命星球设计系统。会不会有更高的文明对宇宙设计系统？那么，更高的文明又是怎么样的存在？陈默口中那个不受暗物质影响的"源星"，又扮演了什么样的角色。

"所以呢？"

我必须强装镇定，他们能抓我来这，告诉我他们的发现，必然是有所求。我不能表露沮丧、无助的情绪。

"阻止！"

"阻止？"我脑子有点卡壳，苦笑着问："你们打算阻止我离开，还是说阻止黑洞吞噬？"

"我们不但不会阻止你们，还会帮助你们修复'造物神号'。"袁一指向能量晶石。

"为什么？"

"我们想与你们造物组织合作，借你们的力量，吞噬黑洞。"

"你说什么！吞噬什么？"

"黑洞。"

"阿奕，你听见他说什么了吗？"

"听见了，吞噬黑洞。"

"神经病。一帮神经病！"

袁一斜了我一眼，感觉在他眼里，我就是个傻瓜。

他手掌滑动间，巨幕的画面变成了监控画面。一个博物馆般的仓库中摆放着各种奇珍异宝。上首处，摆着一个十来米长的玻璃展柜，展柜里竟都是散发着微光的能量晶石。

大约百枚能量晶石，意味着至少有百名位面穿越者来过地球。他们现在在哪,749局究竟用什么手段获得位面穿越者的能量晶石，为何造物组织对此一无所知？

"这些只是失败的复制品而已。我们所在的位面缺少一种特殊能量，无法一比一复刻，提取暗物质中的能量代替。"说着，袁一露出得意的笑容："说是失败品，也不尽然。虽然暗能量晶石无法穿越位面，却可以吞噬一切物质。只要暗能量晶石足够多，并不是没有吞噬黑洞的可能。"

"也可能会吞噬整个宇宙。我劝你们不要玩火。暗能量与黑洞不同，一旦爆发、失控，宇宙会成为一片荒芜。"

"那又如何。不赌，会被黑洞吞噬。赌，有一线生机。"

"假设你的猜测是对的。那么，黑洞吞噬宇宙后会重组大陆，新的大陆可以诞生新的文明。倘若，宇宙被暗能量吞噬，宇宙就成了一片死地，再也没有一丝生机。"

"我们关心的是人类的存亡，而不是宇宙的存亡。人类不得延续，要宇宙作甚？"

"你们所说的研究星辰大海，万物生灭，宇宙起源都是放屁。"

"一切研究都是为了人类的延续。"

我很想大声怼他一句"道不同不相为谋"，可我不能。袁一说得对，下个文明与我们有什么关系。造物星的智者自认为是地球文明的缔造者，殊不知，也许整个宇宙都被更高的文明玩弄于股掌。

袁一对我的态度急转，亲自端茶递水，不厌其烦地给我讲解暗能量石的作用，灌输749局的理念与目标，不停地给我画饼。我非常怀疑，袁一不是天文学家，而是心理学家。先敲我一闷棍，在我稀里糊涂的时候对我威逼利诱。见我动摇，便趁热打铁，一顿哄骗，再让乔奕在耳边吹风，迫使我就范。

我沉默以对，等到他们演出结束，我要求他们重新把我关进暗室，让我冷静思考。

三天后，我给出了答案。

乔奕再次对我伸出毒手，用花绸布蒙住了我的脸。我在一阵酸臭味中失去了意识，我严重怀疑那块花绸布从来没洗过。

几个小时后，我在洗浴中心醒来，场面十分尴尬。

技师正给我按脚，小暖破门而入，身后跟着十来个造物组织战士。技师吓得蹲在地上，双手抱头，连声解释"我们是正经按摩"。

小暖给技师翻了个白眼。

药劲还没过，我精神有些恍惚。不知怎的，有种犯了错的愧疚感。

小暖不敢暴露自己拥有记忆与思想，否则以她的性格，怕是要大闹一场。

我舔了舔干涩的嘴唇，本能地抓起一片西瓜，放入口中，稍微清醒了些。环顾四周后，我豁然开朗，长舒了口气。"皇室假期"，我经常光顾，的确是正规场所。

完全清醒后，我偷偷冲技师摆了摆手，离开洗浴中心。

十几名战士隐藏在人群中，一路保护。

小暖与我交换眼神，暗中交流。

身为王牌外勤人员，竟然被组织监视了。

很羞辱，却在情理之中。

造物组织历代五大首领，都各自为政。

每个时代，每个首领都有自己的理念与抱负，唯一相同的目标就是修复"造物神号"。

现在，我拥有修复"造物神号"的核心部件。意味着，我拥有着掌控整个造物组织的权杖。我完全可以从外勤人员一跃成为第六大首领。甚至，振臂一呼，成为唯一的首领。

监视就监视吧。就算他们知道能量晶石的存在，也不可能猜到它此刻就藏在我的裤兜里。

回到家，拉上窗帘。

"罡哥，我这出了点状况。这帮浑蛋说好了合作，转头就想抓我当小白鼠，幸好哥们机智……"

默子发来的语音让我心头一颤，并非因为他身处险境，而是他的声音与小暖一模一样。他不可能采集到小暖的 DNA。唯一的可能，他在"452"星难民区遇到了小暖本尊。

寒意顿时席卷全身。

小暖究竟是谁，那脑袋不好使的技术人员又是什么身份，他们之间的关系是否与审讯结果一致？稍微冷静下来，转头时，一块丝巾捂住了我的鼻子。我在一阵迷人的香气中失去了意识。

醒来时，脑子一片空白。

下意识地摸向裤兜，什么也没摸着。

房门缓缓打开，一个白衣护士激动地朝我走来，很没素质地大喊大叫："病人醒了。快点！哎呀，就是那个幻想家，他醒了……"

幻想家？

听到这个称呼，我气清醒了。

能量晶石？

想到这，我猛地起身。

糟了！能量晶石丢了。当时，屋里只有小暖。她身为 AI 人，背叛我，会启动毁灭程序。啊，她应该无所谓吧。那位演技很好的技术人员与小暖都只是弃子，或者说死士。本尊在 452 星难民区地位本就不低，又从我手中夺得能量晶石，立了大功。前途无量啊！

我紧握拳头，哭笑不得。到底还是死在了女人手里。

"快点来人啊，病人又疯了！"

不一会儿，几个壮汉冲入病房，试图控制我。我岂会就范？即便我意识模糊，手脚发软，也不是这种货色能对付的。

一顿缠斗，我用尽了力气。

眼瞅着一根比大拇指粗的针管就要扎入我的脖颈。突然，大汉一个接着一个倒下。

"老板娘？"

"我说过，会来接你的。"

# 被绑架后的 28 小时

李思琪

## 1

2048 年秋，一个傍晚，同事们都下班了。李梓琦把桌上的文件整理了一下，伸了个懒腰也打算下班。他想到出去游玩的妻子艾叶和女儿李艾一，或许今天会回来，所以准备先去菜市场买点菜。

他锁上办公室的门，还没走两步，就听到屋里座机电话响了。他一边埋怨打电话的人不会选时间，一边开门去接电话。电话那头是一个急促到听不清楚语话的男声。李梓琦放缓语气提醒对方慢点讲，对方吼他："市民广场都出现白丝蚁传染病了，还慢一点，要死人的！"

白丝蚁传染病？李梓琦皱眉，从来都没有听说过。现在这种病那种病五花八门的，名字还怪异得很。他想跟对方确认一下，可对着话筒"喂"了好几声，对面都没有人回应。这或许只是个恶作剧吧，他想。还是去菜市场转转好了，任何时候都不要把时间浪费在不切实际的事物上才是最明智的选择，他一边往外走一边这样对自己说。

让他没有想到的是，他还未到菜市场手机就进来个电话，是社长打来的。社长要他尽快去市民广场，尽快摸清白丝蚁传染病的特征，尽快拿到第一手资料，着重强调让他该配合就配合，该调查就调查，态度好一点。李梓琦听到这三个"尽快"就头疼，若真是如那个神秘人所说，又哪是那么容易弄得清楚的呢？一点头绪都没有，怎么去尽快？单凭一个电话就相信吗，还配合，这种事情要他怎么配合？他是越来越搞不懂社长了，太过于追求表面的东西，什么时候都注重态度。他怎么就不想想，态度的好坏，在许多时候，并不取决于自身呀。

唉，哪怕他有满腹牢骚，也不得不依令前往。

市民广场一如既往的热闹，跳舞的跳舞、蹦迪的蹦迪、遛狗的遛狗、打闹的打闹……每个人的脸上都是幸福的笑容，哪里有半点传染病的苗头？

李梓琦一点头绪都没有，不知道该往哪里走，想着跟社长反映一下情况，可打过去十几个电话都在占线。他再细想神秘人打来的那通电话，反复琢磨对方说话时的语气，越来越觉得是恶作剧，太不正常了。想来社长应该也是接到什么人的电话，还没反应过来被骗了。

那么，神秘人撒这样大的一个谎，目的是什么？李梓琦退到一个边角上，捏着下巴看着狂欢的人群沉思。他的直觉告诉他，神秘人肯定在这些人里面，说不定还正偷偷注视着他。这个念头刚冒头他就浑身一抖，目光悄悄从一张张脸上扫过，想要看看这些人有没有什么异样。

没有发现！市民们该怎样玩还是怎样玩，没有人看他一眼。李梓琦笑了，笑自己和社长怎么会这么容易就相信一个恶作剧。他想还是去菜市场吧，说不定还能赶在艾叶她们回家之前把饭做好。

他准备穿过市民广场，从另一个出口去菜市场会更近一点。他走近人群，为了不那么尴尬，他的脸上始终挂着浅笑。其实他是什么表情又有什么关系呢，所有人都只在自己的世界里狂欢。

在李梓琦快走到目标出口时，有人突然从后面撞向他。他本来是没有在意的，毕竟在人海如潮的广场上，这种情况太正常了。可是对方连着推撞了他好几下，而且很明显是把他往相反的方向推。李梓琦几次想要回头去看看推他的人，可是都失败了。

这种情况太不正常了。想起打电话的神秘人，他心里抽搐了一下。他决定尽快离开，不要去看推他的人也不要去菜市场了。他要赶紧回家，再把这件事仔细地梳理一下。

他逆转着往自己想要去的出口，刚走两步前面就有两个人挡住了他。他立马转身，迅速往另一边退，可是也有人，再换方向还是一样，他被围住了。李梓琦见状，沉脸厉声斥问："你们是谁？你们要做什么？"

之前一直在李梓琦身后推撞他的人，一个跨步站到他面前，挑着眉头，双手拍在李梓琦的肩膀上，咧着一口大白牙："唐年，给你打电话的人。"

李梓琦现在完全可以肯定，这个唐年用一通电话把他骗来市民广场，必定是存了不可告人的目的。不管这些人是为了什么，他都不想与他们周旋，只想尽快离开。他要尽快去见社长，遇到这样处心积虑接近报社的一伙人，必须有应对措施才行。

可包围他的人越逼越近，想要脱身，谈何容易？

唐年还霸道得很，双手紧扣着李梓琦的肩膀，推着他往边上走。李梓琦恼火得很，用力甩掉唐年的手，往后退了一大步，拉开了一点距离，指着那边依旧狂欢的人群："你在电话里说的白丝蚁传染病，指的是哪个？"

唐年竖起一根手指摇了摇："白丝蚁传染病是真的，只是暂时被我们控制住了。但想把这个病彻底消灭，还需要你的帮助。"

"你们弄错了，我是记者不是医生，在这种事上我根本帮不了你们。"

唐年依旧摇着手指头，他大概觉得这个动作很帅，其实丑得要死。李梓琦不断在心里吐槽唐年八成是个傻子，摇手指头的动作都僵硬得很。

唐年没有读心术，不知道李梓琦在吐槽他。他仍旧笑眯眯地说："我们不需要医生，我们找的就是记者，就是你。"

李梓琦刚想怼他，又听到唐年说："至于为什么找你呢，我想就不需要我多说什么了吧？"

需要啊！你们为什么会找到我，还是要和我说清楚的。李梓琦皱巴着脸，不知道接下来等着他的会是什么，而自己又该如何应对。无论怎样，最好的办法还是离开，不要打听也不要回应。

他的沉默让唐年没了耐心，上前用力推了他一把："跟我们走吧。"

李梓琦自然不肯答应。他扫视了一圈，观察着逃跑的机会，一边找话题："你们要我做什么，现在就告诉我，我能帮就帮，不能帮也没办法。"

唐年脸一沉，手一挥："绑走。"

李梓琦急了，他推开那些上前挟制他的人，大声喊："你们要做什么？我告诉你们，你们这样做是在犯罪，会要坐牢的。"

李梓琦想用声音引起市民的注意，边喊边往人群密集的方向冲。可唐年哪会让他如愿，一记手刀砍在李梓琦的脖颈上，李梓琦往地上倒去。在意识渐渐脱离时，他听到有人说："科学城。"

## 2

李梓琦醒来时，发现自己坐在冰凉的地上，四周漆黑，安静得可怕。他用力掐了一把大腿，疼痛感立刻传遍全身，不是梦境。他伸手想去掏手机，才发现自己几个口袋都是空的，连随身背的笔记本包也不见了。他做了几个深呼吸，提醒自己先沉住气，不能自乱阵脚，然后见机行事，寻找脱困机会。

他从地上爬起来，想探查一番，这才发现双脚被一根铁链拴住了。随着他起身的动作，铁链与地板碰撞发出尖锐刺耳的响声。他被吓了一跳，立马停下来聆听，什么声音都没有。他想起昏倒前听到的话，也不知道目前所处的地方是不是科学城，这伙人的目的又是什么？

李梓琦沉思了好久，他可以肯定，自己之前没有见过唐年，也想不起什么时候招惹过这些人。工作上因为他坚持初心，在披露某些事情真相的时候，或许是曾得罪过一些人，但也不至于用这样的手段来绑架他吧？

他不知道接下来等着他的会是什么，在这样太过安静的未知环境里，恐惧仿佛从脚板心里钻出来，蔓延得无边无际。人对自己的思维在有些时候是控制不了的，尤其独自处在一个未知的环境里，因未知产生的恐慌与焦虑会无限放大。李梓琦闭着眼睛在心里默念，其实周围那么黑，闭不闭眼于视线根本就没有半分差别。但他总觉得在那些无边的黑暗里藏了许多人，无论他看向哪一个方向，都会与他们对视上。所以他选择闭上眼睛。这既是拒绝外面的窥视，也是静心与自己交流。

但他很快发现，这个方法对于此时的他来说，半点作用都没有。他，静不下来。既然没有办法逃离这一切，那就破罐子破摔吧，左右也差不过现在。他一边这样想，一边跺着脚故意弄出很大的声响。也不知道周围是否有人，这声音又是否会被人听到，但总好过被这无尽的黑暗与恐惧吞噬。

在李梓琦快要崩溃的时候，左手边有一扇小门缓缓打开，昏暗的灯光从门口钻进来，却照不到他的身上。他看到在光圈里站着个男人，男人背光面对着室内。李梓琦认出来，是那个叫唐年的家伙。虽然看不清他脸上的表情，但他浑身散发出来的冷峻气息让李梓琦头皮发麻。

终于肯现身了。李梓琦急声问道："唐年，这是什么地方？你凭什么把我关在这里？"

唐年并不搭话，迈着悠闲的步子走进来。随着他走近，李梓琦借着外面那丝光亮，看到他脸上那抹讥讽的笑。这让他非常气恼。他提步迎向唐年，可走了不到两米，就被脚链绊倒了。李梓琦握拳捶了几下地板："你这是在犯法，我要去告你。"

唐年俯身与他对视良久，冷哼道："你的想法是挺好的，但我不得不告诉你，你想去告我，首先得离开这里。"

"这是哪里？"

"我家地下室。"

"你把我关在这里做什么？"

"你错了，你完全可以自由活动。"

李梓琦怒瞪着他，什么时候在不到两米的范围内，戴着脚链活动也可以叫作自由了？唐年抬手拍了拍他，用商量的语气问道："现在这样是不是让你很不爽？"

李梓琦还未来得及反击，就又听到他问："想解脱吗？"

全是废话！李梓琦打算静观其变，思量着自己有何可以与他叫板的筹码。唐年看了他一眼，从裤兜里掏出一个拇指大小的透明瓶子，瓶子里装着透明的液体。他摇了摇瓶子，脸上又是那种讥讽的笑："我把你请来，只不过是让你帮我一个忙。哦，不对，严格说起来这也是帮你自己，帮整个地球上的人。"

太无耻了！李梓琦冷笑，坏人总是在用尽心机做坏事时，还要为自己找一些冠冕堂皇的借口。

唐年无视李梓琦的不满，示意他坐到旁边的矮凳子上："我给你打电话，说市民广场惊现白丝蚁传染病并不是假话。你到场的时候之所以没有看到人群混乱，是因为我们及时控制了病毒，转移了患者，并且封锁了消息。"

唐年告诉他，白丝蚁病毒繁殖的速度非常快，传播面广，寄生性强。患者初期最明显的特征就是全身奇痒，接着皮肤表面会钻出无数小虫子。这些小虫子非常细，跟头发丝差不多，且通身雪白，额头有着跟蚂蚁头部类似的触角，这也是他们给这个病毒命名为白丝蚁的缘由。该病毒会在极短的时间里使患者皮肉溃烂，生不如死，极端厌世，甚至生出让全世界一起下地狱的变态心理。如果不想办法迅速有效地消灭它，等病毒蔓延开来，后果将不堪设想。

李梓琦惊得站了起来，如果唐年说的是真的，那就太可怕了。他看着唐年手里的小瓶子，不知道自己能做什么。难道这瓶子里装的是病毒，然后他要拿这个在自己身上做试验？他想到刚才唐年说的病症，忍不住打了个冷战。

唐年却笑了："这个小瓶子里装的可不是病毒，而是抗击病毒的药剂。"

唐年满脸骄傲地告诉李梓琦，在发现第一例白丝蚁病毒患者时，他们的团队就开始研发抗击该病毒的药物。经过几十人夜以继日的钻研，才终于有了这种抗病毒药剂。

"你就是用这个救了那些感染白丝蚁病毒的人？"李梓琦有些迟疑地问道。

"那当然，这个世界上，目前除了这个药剂，再没有其他可以抗击白丝蚁病毒的药了。"

李梓琦心想这人还不算太坏，哪怕自己现在还被他用铁链拴住，但仍觉得只要他会去救人就好。唐年收敛起笑容："你想救更多的人吗？"

"感染白丝蚁病毒的人很多吗？"

那为什么他都没有听说过？

"不是很多，而是特别特别多。我刚才已经说过，白丝蚁病毒传播得非常快。我可以肯定，今天在市民广场的那些人，一个都逃不掉。他们最迟在明天就会有症状显露出来，再传染给家人，他们的家人又会传染给其他人，一传十，十传百，像滚雪球一样，越滚越大。到最后都只有一个下场，那就是死。"

李梓琦被他严肃的语气吓到了。如果白丝蚁病当真有这么严重，那真的会引起全民恐慌的。他简直不敢想象那种后果，急得脸色惨白："那需要我做什么？"

如果白丝蚁病毒真的存在，如果这真的是抗病毒的药剂，如果他可以帮助他们，那他一定全力以赴。毕竟在这样的事情面前，没有人是可以独善其身的。

唐年说："我想让你在报纸上登一份通告。目的就是让所有人都知道白丝蚁病毒，明白这个病毒的危害性，让市民能够主动接种抗病毒药剂。虽然现在白丝蚁病毒还在可控范围内，但还是要以防为主。只有人人都接种了抗病毒的药剂，自身对白丝蚁病毒有了抗体，才是打败病毒最好的办法，毕竟任何治疗手段都快不过病毒的传播速度。我要告诉你的是，我们的时间非常宝贵，可以说是跟死神赛跑。靠我们用嘴巴去宣扬，影响力太小了，但登在报纸上就不一样了。毕竟爱看报纸的人还是很多的，是一个可以快速扩散消息的办法。我们找你之前也打听过，知道你在市民心中的可信度是非常高的，所以由你来写这份通告再合适不过了。"

<h1 style="text-align:center">3</h1>

李梓琦被他这样一说，反而冷静了下来。如果这个病毒真如他所说的这么厉害，没道理一点风吹草动都没有。而且他们竟然可以这么快就研究出来抗病毒药剂，这让他不得不怀疑起来，瓶子里装的真的是可以对抗白丝蚁病毒的药剂吗？就算是，那它是否通过了临床试验？谁又能证明它是安全的？

唐年见他不说话，凑到他的耳边说："我们现在不说别的，单单由你第一个发布消息出去，就会让所有人都记住你。到那个时候，全地球上的人都会感念你的好。当然了，我知道你不在意这些虚名，但这种既能拯救世人于水火之中，又能让自己收获人心的大好事，何乐而不为呢？"

李梓琦依旧不说话，越听越不对劲，比起在报纸上登所谓的通告，由权威机构发布消息不是更有说服力吗？再说，如果真有这样厉害的病毒，他们又怎会仅找他，还是以这种方式？

他的沉默让唐年恼火了，狠狠推了他一把："我现在不是在跟你商量，而是通知你。不管你乐不乐意，你都必须在凌晨 2 点之前把通告写出来。"

李梓琦问："现在几点？"

"凌晨，我之所以选择这个时间，就是为了告诉你，今天是崭新的一天，也可以说是让世界重生的一天。只要你按照我说的做，我们都会成为大英雄，让所有人都敬重的大英雄。"

李梓琦心里咯噔了一下，从他昨天晚上 7 点到市民广场开始算，那他被关到这个鬼地方已经近五个小时了。不知道社长有没有意识到自己被骗，有没有发现他失踪，而他究竟该如何脱困呢？

李梓琦让唐年把他的东西还回来，可唐年却说要回东西可以，但要拿通告来换。李梓琦气得想踹他。他们用那样卑鄙的手段把他绑来这个鬼地方，随身物品竟还让他用通告来换。通告是可以随便写的吗？他试着跟唐年讲道理："我连这里面装的是什么都不知道，对它的作用也是一无所知，我怎么去写？"

"这些你都不需要知道，你只要按我说的来写就行了。"

唐年说完就拿钥匙打开李梓琦脚上的铁链，拖着他去了另一个房间。为什么他是被拖着走呢？因为李梓琦根本就不想配合，他想跟唐年讲道理，哪怕处境于他来说很糟糕。可唐年半分耐心都没有，李梓琦的反抗也未能让他的脚步慢上分毫，反而把他激怒了。

唐年把李梓琦摁在一张凳子上，在他面前有一张桌子，桌子上有一台电脑。李梓琦快速扫视了一圈，表示自己可以按照他的要求写一份通告，但要使用电脑。

唐年把电脑搬去了另一边："写一份通告而已，要什么电脑。我看你是还没有弄清楚当前的情况，这个通告就是要你手写。不然我又何必找你来呢？我可以随便找一个人写了，随便找一家报社印发，再随便往街上、广场上一撒，不就完事了吗？"

李梓琦翻了个白眼，你那么随便就能把这件事弄好，干吗不随便去弄呢，谁让你来找我了？李梓琦暗自决定，不管唐年说什么，哪怕他砸过来一个超级大的馅饼，他还是要坚持自己的本心。从入职第一天起他就谨记新闻必须实事求是的原则，对于不清楚明了的事是不可以让它见报的。这是作为一个媒体人最基本的职业操守。

唐年把笔和纸拍在他面前："你的时间并不多，如果我是你，现在就什么都不想，赶紧按照要求把通告写出来。"

唐年走了，门也关上了。李梓琦没有抬眼，也没有去碰纸笔，他不停告诉自己，还没搞清楚情况，绝不能妥协！

不知道过了多久，门再次被推开。唐年如一个幽灵般立于门边，慢吞吞地说："听说你的妻子和女儿出去游玩了，计划昨天晚上回家。那你知道她们到底有没有平安到家，没有的话现在又是在哪里，你不想快点回去看看吗？"

李梓琦当然知道唐年不会无缘无故说这么一段话。他跑向门口，想揪住唐年问他是不是对艾叶和艾一做了什么。可门又被关上了，唐年的声音隔着门板传过来："你还有一小时三十七分钟。"

李梓琦的心里很慌，他担心艾叶和艾一也被唐年控制了。这个时候，他已经非常确定，唐年要做的绝对不会是好事。如果唐年真的用艾叶和艾一的人身安全来威胁他，他该怎么办？再说唐年并不可信，就算他依他所言写了通告并不代表他们一家人就能团聚，只怕后面等着他的会是更丧失人性的事，那时他又该怎么办？这是李梓琦在心里滚了好多遍的问题，但是没有答案。

李梓琦坐到了地上。土地在很多时候都是极吝啬的，就算你身处最无助的境地中，它仍拒绝给予你一丁点温暖。李梓琦好似很不愿意相信这个事实，他想要证明土地是有温度的，是慈悲的，是有同理心的。他趴在地上，势必要寻找到土地的温度。他还想要问问土地，遇到这样的事情，他该如何选择。

他的脸紧贴着地，耳朵紧贴着地，双手向前伸着，掌心也紧贴着地。他闭着眼睛，很久都没有动弹一下，好似与土地聊得把什么都忘记了那般。

4

直到有人在他的肩头拍了两下，李梓琦才反应过来。他其实根本就没有把唐年说的一小时三十七分钟放在心上，他从来都不相信坏人口中说出来的话。坏人什么时候是讲信用的？唐年口中所谓的一小时三十七分钟的长短只有他自己能决定，比世界上最好的钟表都更有发言权。

他坐起来才发现换人了，这次来的是一个老头。李梓琦想这人真的是白和时间打交道了，这么大年纪都没有活明白，怎么能跟着坏人来消耗时光呢？这样也太对不起自己了。李梓琦连着叹息了两声，心想，你换人来又怎样？我的底线永远都不可能因某个人而改变。就算现在自己在他们手上又如何？哪怕现在艾叶和艾一就在面前，她们必定也是理解且支持自己的。李梓琦非常坚信这一点。

老头蹲在他面前，把他的衣服掀起来看了一眼他的肚子。李梓琦双眼瞪得老大，这人什么毛病，怎么一来就掀他衣服呢？老头无视他满脸的惊讶，张口自我介绍："我是唐幕斯，一个电脑工程师，唐年的父亲。"

李梓琦一个蹦跳离他远了些，斥问他："你们父子俩合伙绑架的我？"

唐幕斯摆着双手："现在时间不多了，我没办法跟你细说。但你必须相信我，我会救你出去的。"

父子俩一样令人讨厌，说话都没有一点水平，什么叫必须相信你，你以为你是谁啊？再说现在唐年把他关在这里逼他写通告，老头却跑来说要救他出去，相互矛盾，太不对劲了。这是在搞什么鬼把戏？

唐幕斯仿若没有看到李梓琦不耐烦的样子，他揪着李梓琦往离门口远点的地方走。李梓琦被他扯得很难受，狠狠地甩开唐幕斯的手，又退两步拉开了距离。

唐幕斯见他完全不配合，扭头看了眼门口，满脸无奈，压低声音解释："我是唐年的父亲，但不是你认识的这个唐年的父亲。"

李梓琦被他的话绕蒙了，也更不相信他了。如果只是为了帮唐年说服自己而找的借口，那真是白费心思了。

唐幕斯才不管李梓琦蒙不蒙，他只想把消息传递给他。

唐幕斯告诉李梓琦，他的儿子确实是叫唐年，是一个顶级黑客，技术比他还高。在唐年5岁的时候，他的妈妈因病去世了，这么多年就父子俩相依为命。让唐幕斯欣慰的是，唐年从小就聪明又独立，从小学到大学，再到后来参加工作，都没有让他操过心。

大约两个星期前的晚上，唐幕斯去唐年房间问一个关于系统编程的问题。他看到刚洗完澡出来的唐年肚脐眼处贴着块东西。他感觉好奇，就用手去捏了下，那是个薄如纸片的圆形硬片。他还以为是唐年身体不舒服，这个硬片是什么药来着，正想关心几句。谁知还不待他开口说话，唐年的脸当场就黑了下来，一把拍开了他的手，把他推出了房间。

那天晚上他一整晚都没有睡好，总觉得有什么不对劲，但又理不出头绪。谁知第二天一大早，唐年却主动找他道歉，说他头天晚上因为工作上一些事情处得不完美而心情不好，没有控制住脾气。他为了增加可信度，还讲了一堆他在工作期间遇到的烦心事。

可唐年不知道的是，他这样一来，让本来就疑虑的唐幕斯更怀疑了。因为他的儿子唐年虽然不叛逆，也比较孝顺，但他绝不可能主动道歉，在家里更是从来都不提工作上的事。

唐幕斯看着站在自己面前的唐年，唐年没有任何异样，无论是五官还是身高，甚至说话咬唇角的小习惯都一样，不是唐年又会是谁呢？但一个人在什么情况下，性格才会有这样大的转变呢？不是都说"江山易改，本性难移"吗？

唐幕斯没有露出丝毫端倪，照以往的习惯给唐年做了早餐。唐年吃过早餐就去上班了。唐幕斯犹豫再三，决定不管这个唐年是真是假，他都要黑进他的电脑里去查探一番。当然这样做很容易被唐年发现，但他已经管不了这么多了。他只要想到唐年肚脐眼上的硬片，就控制不住自己。

很多时候都有人喜欢说第六感，唐幕斯以前是不相信的。可当他真的进入唐年的电脑才知道，第六感当真是存在的。就算唐幕斯早已做好了接受最残酷事实的心理准备，但仍然被看到的内容吓得浑身发抖，直冒冷汗。

这个唐年真的不是他的儿子。他综合查看到的信息得知，有一个利用地球人的头发及皮肤去复制地球人的基地。所谓复制，也就是利用生物科技克隆出一样的人，俗称仿生人。这样克隆出来的人也同样有情绪，拥有独立思维能力，知冷知热，会哭会笑，甚至能跟正常地球人一样，会受伤、生病和老去。

他们把这项研究称为"人工生物"工程，这项技术不但可以利用人类的发肤仿制出相同的人，还可以培育出可供仿生人人体移植的各种器官，包括皮肤、骨骼、四肢、内脏、子宫甚至是眼球及牙齿，可以说除了人类精密度极高的大脑外，仿生人身体的其他器官都可以通过这项技术培育出来。这样但凡仿生人生病，就可以通过手术将那些器官移植到仿生人的身体里。

他们的这项研究如果真能成功并实施，就可使每一个仿生人都达到长命百岁甚至活得更久的愿望。他们想凭此制造一个生物科技高度发达的世界，研发出更多有潜力、有意义的人与事，达成他们称霸地球的野心。因为他们制造出来的仿生人在地球上是没有身份证明的，所以他们就要找各种层次的目标人物，想办法拿到对方的头发，再凭借他们的研究技术制造出与本尊一模一样的人。刚制造出来的仿生人很木讷，但只要经过一个星期的引导，就能迅速成长，甚至可与本尊无异，哪怕再亲近的人都难以分辨。

而假唐年就是该基地仿制出来的第一代仿生人，同他一批出来的，现在都已经是基地的核心成员了。他肚脐眼处的那个硬片，他们称为芯片，是仿生人的象征，也可以说是他们的生命通道。因为他们从仿制成人后，每一次生病、更换器官以及检查，都要从芯片这里进去。而芯片也会及时记录每一次的数据并上传大数据库，以供后续的研究与检测。

## 5

唐幕斯想到现在每天在他眼前晃来晃去的这个唐年，是仿生人制造基地拿了他儿子的头发，利用"人工生物"工程制造出来的仿制品，心就揪得生疼。他心急如焚，他的儿子现在在哪里？可恶的仿生人为了掩盖罪行是不是已经把他处理了？唐幕斯不敢再想下去，他一边悄悄摸清假唐年的行动规律，一边努力寻找自己儿子的消息。他发现假唐年越来越忙，有好几次都在电话里和人吵起来，很多时候又避着人跟别人交谈。他有一次听到假唐年跟人说起基地，就装着毫不知情的样子问是什么地方，可假唐年生硬地扯开了话题。

不知道是不是他那次打探让假唐年起了戒心，从那之后假唐年的行动更加隐秘，他电脑的防御系统也升级了。唐幕斯几次想尽办法都未能成功解码，导致他获取消息的难度越来越大。他也实在不想再等了，担心时间拖得越久儿子遇到的危险就会越大。他便准备晚上找机会把假唐年绑了，逼他说出儿子的下落。

他还未来得及动手，就看到假唐年带了个人回来，还关进了一直空置的地下室里。他开始猜测假唐年带回来的也是仿生人，考虑着自己以一敌二能不能有胜算。他考虑是不是暂时取消行动，见机行事，但想到儿子正等着他去营救，还是决定拼一把。他正推算着怎样行动胜算更大时，看到假唐年拿了铁链去锁人。他想到他们基地的"人工生物"工程，猜测这是假唐年找到的新的目标人物，于是立马决定先救人，再一起对付假唐年和他背后的团队。

听到唐幕斯说的这些，李梓琦惊讶不已："仿生人？"

唐幕斯点头，可李梓琦不敢相信，世界上真的会有仿生人吗？唐幕斯一脸沉重地告诉李梓琦，他从假唐年的电脑里看到一份名单，有近六十个仿生人在这个城市中活动。这真的是一个非常恐怖的数据，因为没有人知道，他们下一秒会做出什么。

李梓琦想到眼下自己的处境，无论唐幕斯是敌是友，他被绑架的真相都没必要对他隐瞒了。他把白丝蚁病毒的事告诉唐幕斯，问他能不能确定假唐年那瓶子里装的是什么。其实，他也是想以此来试探唐幕斯。仿生人，实在太过天方夜谭了。

唐幕斯却摇头，他并不知道这个，在假唐年的电脑里没有看到过。不过他认为假唐年手上的绝对是病毒，他们不可能这么快就有抗病毒药剂，就算有也不会救，因为完全不符合他们的目的。他们之所以此时投放出白丝蚁病毒，或许是因为这病毒伤害不了仿生人，又或许是他们的基地出现了问题，所以才会迫使他们在计划并不完善的情况下铤而走险，以这样的方式推进毁灭人类的计划。毕竟对于他们来说，只要能以光明正大的方式存活于地球，用什么方法都不重要。

李梓琦头皮发麻，必须把消息传出去。他习惯性地摸了下裤兜，才想起自己的手机早被假唐年收走了。他问唐幕斯借手机，唐幕斯连连摆手："我的手机肯定早被这个唐年动过手脚，自从知道他是假的，我就不敢再使用手机了。"

李梓琦头痛得很，知道了消息却没办法传递，比不知道消息的时候还要难受。唐幕斯却还在给他补刀："如果你是想把这个消息告诉你们社长的话，还是算了吧，人家知道的比你多得多。"

"什么意思？"

"意思就是，你的那个社长也是仿生人。"

"什么？"李梓琦惊呼出声，他被这个消息吓了一大跳。如果现在的社长是仿生人，那之前的社长去了哪里？他是不是也和唐幕斯的儿子那样不知所终了？还有就是，如果现在的社长也是仿生人，那假唐年又何必绑架他来写通告呢？直接让社长来发布不就是了。难道他们是想混淆视听，以达到隐藏得更深的目的？那更深的目的又会是什么？或者仅仅是为了多拉一个人下水？还是这个社长在他不知道的时候已经露出过什么马脚，而导致他自认没什么信服力，所以才让假唐年绑架他，并要求他手写通告来增加白丝蚁病毒的可信度？李梓琦觉得自己的思维被捆绑了，一点方向都没有。

唐幕斯瞪了他一眼，怪他这么大声，万一把假唐年引过来就麻烦了。李梓琦捂嘴，低声问："那我们现在怎么办？"

唐幕斯说："怎么办都要出去再说，现在唐年，我怎么感觉那么别扭呢？我应该叫他假唐年。把你控制在这里，再加上病毒，情况越来越复杂了。我们得抓紧时间，如果他们真的是铤而走险的话，对我们来说并不是坏事。"

他们要抢在假唐年返回来之前离开，时间真的不多了。唯一庆幸的是，这里是唐幕斯的家，而假唐年暂时还没想自曝身份，所以没有带帮手回来。唐幕斯先去查探了一番动静，发现假唐年并不在屋里。近段时间，假唐年总是深夜里溜出去和外面的仿生人见面。从他越来越差的心情来判断，他们的计划进行得也许并不顺利。这应该也是他们急着推出白丝蚁病毒的最大原因。

唐幕斯趁机带李梓琦溜了出来。走出地面的李梓琦发现这是一座别墅式的房子，前面有个很大的院子，院子里种了许多绿植。

唐幕斯把李梓琦往后院的小房子里推："你先在这里等我一下，我拿点东西就来。"

小房子里臭烘烘的，说不出是什么味道，让李梓琦恨不得不要呼吸了。他急得要死，假唐年随时都有可能出现，这个时候还有什么东西比能安全离开更重要的呢？好在唐幕斯很快就回来了。李梓琦见他除了肩上多了个双肩包，再就是手上那个已看不出颜色的木质拨浪鼓。他有些无语："你刚刚返回去是为了拿这个？"

唐幕斯摇了摇拨浪鼓，两粒白色的圆珠子争相着在鼓面上敲出清脆的声音。唐幕斯赶紧收起来："你可别小看这个拨浪鼓，这是我妻子亲手做来送给唐年的礼物，是唐年视为最珍贵的宝贝，他几乎每天都要拿出来把玩一番。"

唐幕斯说到这里，语气沉了下去。是呀，拨浪鼓还在这里，唐年又在哪里呢？别看李梓琦是个大男人，而且因为职业的关系，见的人与事多了，但内心也是极柔软的。他拍了拍唐幕斯的肩膀："唐年现在应该是被什么事困住了，他一定会回来的。"

唐幕斯重重点头，唐年的拨浪鼓都还在这里，他肯定会回来的。他不相信他的唐年已经遇害了，他肯定在某个地方等着唐幕斯去救他。因为在唐年小的时候，唐幕斯就与他有过一个约定，不管他以后遇到多危险的事情，身处多困顿的境地，都不要害怕，更不要放弃，因为唐幕斯正在赶去救他的路上。所以哪怕现在他的身份已经被一个仿生人替代，唐幕斯也坚信他会在某一个地方等着自己去救他。

# 6

李梓琦想到假唐年之前说到艾叶和艾一，不知道他是用她们来恐吓自己，还是她们也被他控制了。他问唐幕斯，假唐年除了他家，还有没有别的落脚点。

唐幕斯摇头，他哪里知道这个，若不是他对假唐年突然起了疑心，都不会去关注他的行踪。不过他推测，如果艾叶她们真的被假唐年控制了，那极有可能已经送去了基地。只有这样，他们才能更好地挟持李梓琦，于基地和他们的研究都百利而无一害。

李梓琦浑身的汗毛都竖起来了，只想快点回去看看艾叶和艾一是否在家。

唐幕斯在屋子中间一块裂开条小缝隙的地砖上踩了三下，旁边的地就陷下去一块，露出来一个地道入口。

李梓琦虽然很惊讶，但很快回神。看到唐幕斯向他招手，赶紧跑过去。唐幕斯一边带着他往地道里走，一边嫌弃他："做记者的人不都是很有洞察力和分析头脑的吗？从几个字里面就能抠出一大堆信息来，怎么你身上没有一点这个特性呢？我之所以把你带到这间屋子，是因为假唐年嫌臭从来没进来过，而你也应该想到我们的出路是在这里，你怎么还会想到往外面跑啊？"

李梓琦真想拿条胶带把唐幕斯的嘴封起来。偏偏唐幕斯没有一点觉悟，说得越来越起劲，好像他认识全世界所有的记者那般。在李梓琦翻了不下百八十个白眼之后，两个人终于站到了地道的出口。李梓琦看着白天人来人往的菜市场有点蒙，若不是走过一趟，任谁也想象不出，在这热闹的菜市场中，竟然有一个通往民宅的地道。

此时还不到 2 点，整个菜市场黑乎乎的，偶尔有几声猫叫，打破了夜的寂静。李梓琦到了这里，心稍稍安妥了一些。他昨天晚上 7 点钟被绑，到现在不到七个小时，可这世界在他的眼中已经完全不同，一时只觉得心头沉甸甸的，只想快点见到艾叶和艾一。

被一只突然跳出来的老鼠吓了好大一跳的唐幕斯悄悄抹了把额头的汗。他为了掩饰尴尬，咧嘴对李梓琦笑，好像刚才在地道中嫌弃李梓琦的那个人，跟他没有半毛钱关系那般。李梓琦懒得理他，扭头快速往家的方向走。唐幕斯主动跟上，借着路灯看到他一直冷着的脸，讪笑着解释："你不知道我们刚走的地道，简直是我童年的噩梦。每一次我犯错，我的父亲都会把我塞在地道里饿上一天一夜。所以不到万不得已，我是绝对不会去碰这条地道的，这已经成了我的心病。但刚刚和你一起走在地道里，我突然就找到了一个破解的方法，那就是不停地说话，只要说话就行了。哪怕你一个字都不回应，也没有关系，反正我知道你在听。"

李梓琦冷哼一声，脚下的速度快了不少。唐幕斯想着接下来的计划，不敢把人得罪狠了，只好闭口不言。

两人很快进了李梓琦居住的小区。李梓琦抬眼看到屋子里漆黑一片，心里涌出很不好的感觉，但又想到是深夜，说不定她们是睡下了。他没有钥匙开门，但又等不了一秒钟，顾不上会不会吵到左邻右舍，抬手用力敲门。屋子里的沉默让他心里越发焦躁不安，手上的力度也控制不住了，声音越来越大，可是里面仍是没有一丁点回应。

李梓琦气得踹了门儿脚，门没有开，把对面楼的狗给吵醒了，"汪汪汪"地叫个不停。李梓琦还想踹门，被唐幕斯一把拉开了。不知道唐幕斯从什么地方掏出一根铁丝，对着锁孔鼓捣几下，门开了。

李梓琦一把推开他冲进屋里。整间屋子安静得可怕，他把每个房间都找了，连门角和床底都没有放过，没人。

李梓琦一屁股坐在地板上，浑身的力气像被抽走了似的。挂在阳台上的衣服被风吹落在地上，桌上的碗碟也还是他昨天早上离开时的样子，艾叶她们根本就没有回来。

唐幕斯把李梓琦扶起来，想着给他分析分析目前的情况。李梓琦却一把推开他往外跑，唐幕斯赶紧拉住他："你要去哪？"

"回去，我的妻子和女儿肯定是被唐年绑走了，我要去救她们。"想到自己的逃离会让唐年愤怒，可能会给艾叶和艾一带去伤害，他就气得浑身发抖，又后悔不已。

"是假唐年。"唐幕斯受不了自己儿子的名字跟一个仿生出来的坏人连在一起。

李梓琦没有吭声，这是个不需要争论的话题，目前最主要的是找到艾叶和艾一，然后带她们回家。

唐幕斯不肯："你现在回去就是自投罗网，难道你真的想给他们写那丧尽天良的通告吗？"

"我有我的底线。"

"你的底线是什么？你的底线在你的妻女安危面前又能坚守多久？"

李梓琦回答不出这个问题。若说每个人都有软肋，那艾叶和艾一就是李梓琦的软肋。人，没有到那个境地的时候，永远不知道自己的底线在哪里。这与人格的高尚与否没有关系。他想象不出也不敢想，如果他们用艾叶和艾一的人身安全来逼迫他，他是否真的能做到坚守底线。

"我们去他们的基地吧，想要成功阻止一件事情，就必须从源头上掐死。我还是认为，唐年和艾叶、艾一都在基地里，在等着我们去救他们。"唐幕斯把李梓琦的双手抓得死紧，好似要输送点力量给他。

李梓琦觉得他说得有道理，但仿生人这么隐秘的研究，基地怎会轻易被人找到？他想起晕倒时听到那人说的话，猜测道："他们的基地在科学城里面？"

唐幕斯点点头，指了指手腕上的手表，告诉李梓琦，他第一次黑进假唐年的电脑，识破他的身份和他们基地的秘密后，就在里面植入了编程码，把基地的位置定位到手表上了。他接着扯开包拿出一套装备给他："这是我从假唐年那里偷到的基地的装备。"

李梓琦看到可以包裹全身的装备，再加上一个脸部只能露出双眼的头套，有些无语。穿上这一套，行动起来很不方便吧？

唐幕斯一边清理东西一边告诉他，假唐年是一个心狠又聪明的人。他们平时只在基地周围活动，一个应该是为了确保自身安全，另一个就是方便他们给基地送"样品"。

"样品？"李梓琦双眼瞪得老大。

"可以让他们依照模样仿制出来的人，不就是样品吗？"

李梓琦想到艾叶和艾一极可能面临那个处境，就一秒钟都不想耽搁了。可他担心假唐年会另找人写通告，或者强迫市民注射那个可怕的病毒，那将会造成想象不到的恐慌，必须阻止。为了防止信息被人监听，时间又紧急，他只好简单写下事件经过，装进信封里传出去。但两人考虑不确定帮忙传信的人是不是仿生人，一致决定不泄露他们要去基地救人的事。反正他逃离的事假唐年很快就会发现，而白丝蚁病毒也已经被他们摆到人前，就算传信的人是仿生人也不算走漏消息。不过为了确保白丝蚁病毒的消息能顺利传出去，他们准备了好几封相同内容的信，分别送到相关部门。

## 7

天大亮的时候，在智能定位器的指引下，他们来到一个废弃的仓库。他们在里面走了几圈，除了一个窄小的入口，什么都没有发现。唐幕斯急得快要暴走了，明明跟着定位器走的，怎么就找不到前行的方向了呢？李梓琦不停地跺地板踹墙壁，唐幕斯想到自己家的地道，也跟着他做。最终在阴暗的角落里，找到一部表面跟墙壁完美融合的破旧电梯。这些人真的太狡猾了，谁能想到这里面会隐藏着一部电梯，而电梯所通往的是一个仿制人的基地呢？

电梯里只有一个按键，没有数字，红色箭头朝上，不知道通往多少层。虽然心里没底，但已经没有退路了，李梓琦硬着头皮按了下去。可没想到，电梯在摇晃了一下后不升反降。两人吓得脸色惨白，可无论他们怎么敲击，电梯都没有停下来。也不知道下行了多久，电梯发出一阵"轰轰"的响声，摇摆着停下的同时，门双向打开。迈出去迎接他们的会是什么，谁也无法预料，但已经顾不上害怕了。两人对视一眼并肩走了出去，电梯门立马关上了。

他们感觉到脚底触碰到东西，冰冰凉凉的，有光从下方透出来。低头一看，两人均倒吸一口冷气，在他们的脚下是一片望不到尽头的水面。两人吓得同时抓紧对方，一时没反应过来他们为什么没有往下掉，也不敢有任何动作。

站了好一会儿，两人都不敢提步，试探着往前移动，才发现他们是站在一层透明物体上，环顾四周发现也都是透明物体，也可以说是玻璃栈道，除了前面望不到尽头，其他方向都是密封的。这种情形让李梓琦想起被困于玻璃柜中的鱼儿。当然，他们比鱼儿要幸运点，最起码在另一边，能看到非常美的景象，脚下还有鱼儿争相着跳跃表演。若不是亲眼所见，谁能想到有人在这片汪洋中建了这么多玻璃房子。唐幕斯突然低声问道："在这里，他们是怎样获取能源用上电的？"

"他们能在这样的地方建房子，还能没有途径获取能源吗？不说远的，就比方利用水能转换器，把水的能量供应到基地；再比如鱼游动的时候带动水的波动所产生的能量；又或者是深海生物的声波打在基地的外墙上，通过墙壁的特殊材料转换……"

太复杂了，唐幕斯听得不耐烦，他在到处瞄，一个人影都不见，想着这样也不是办法，得赶紧策划一下。可还不待他开口，脑瓜子上顶过来一把枪，却不见人影。他们自然也知道，在这样的地方发生什么都不要觉得奇怪。两人很有默契地对视一眼，矮下身体就想跑时听到对方说："口号。"

两人蒙了，谁能想到来这里竟然还要回答口号呢，谁知道他们的口号是什么？可现在脑瓜子被人家用枪顶着，一个弄不好就得死翘翘。不回答不行，回答错了更不行，两人只能大眼瞪小眼，大气都不敢喘。

李梓琦眉头拧成疙瘩，有生以来遇到最烧脑的事莫过于此了。唐幕斯懒得想，反正又逃不掉，正所谓伸头是一刀，缩头人家也不见得会放过你，得先把气势拿出来。所以他眼一闭，胸一挺，双手叉腰，凶巴巴的："你们一天天地做点正事吧，老把口号挂在嘴巴边上有什么意思？"

头顶上的声音凉凉的："口号。"

唐幕斯气得踢了地板一脚，差点把脚丫子给踢折了，他继续吼："缺心眼。"

"你知道口号，还扯这么多干什么？"

两人听了这话，差点没一个跟跄扑到地上去。谁能想到"缺心眼"这三个字就是他们的口号呢？

顶在他们头上的枪消失了。他俩轻呼一口气，摆正身子抬脚往里面走。那个声音还不忘关心一下："你们吃了吗？"

两人异口同声："吃了。"

"吃什么了？"

李梓琦心里在咆哮，在这样的环境中，能不能把你的好奇心收敛一下啊？

"糖。"唐慕斯闭着眼睛喊。也不知道是为了给自己壮胆，还是为了吓唬对方，声音大得很。

"你们这些人啊，每次出去都吃糖，每次都不记得给我带一点，太没良心了。"

两人齐齐打了个冷战，加快脚步往里面冲。走到拐角处，李梓琦低声问唐慕斯："你怎么会想到糖的？"

"从我留意假唐年后才发现，那家伙天天偷吃糖。我想肯定是他们仿生人的人生太苦了，所以才要多吃糖吧。"

这样联想都可以的吗？算了，反正已经进来了，还是专心点吧。李梓琦想，今天守门的那个人八成是还没有睡醒，进去可不一定再有这样的运气了。

他刚这样想完，就被人大力拉进了一个格子间。他的惊呼声刚起，人家就推了他一下："闭嘴。"

两人依着指挥面壁排排站好，人家又要求他俩把头套拿掉。如果不是时间地点都不对，李梓琦真想为自己点个赞，刚想着进来后不会太顺利，立马就出意外了。偏偏这人还是个急性子，在他们的屁股上各踹了一脚："快点。"

为了接下来的计划能顺利进行，还是配合一下吧，谁叫这是人家的地盘呢。两人很有默契地取下头套，对视一眼后各自轻点了一下头，见机行事吧。

## 8

唐幕斯转身看到眼前的人时，嗷呜一声就扑了过去。把李梓琦吓了一大跳，也立马扑上去帮忙，却听到唐幕斯抱着那个人连声喊着："儿子，儿子……"

李梓琦细看，这人真的跟假唐年很相像，难道也是基地里照着唐年仿制出来的人？还是说他就是唐年？可他怎么是一副超级嫌弃，根本就不认识唐幕斯的样子呢？

难道唐幕斯是要用这一招给对方来一个出其不意，以便一举拿下他？李梓琦这样一想觉得很有道理，自己也应该有所行动才是。于是他也抱上去叫着："儿子，儿子。"

正乱着呢，唐幕斯一个甩肩把李梓琦撞开，眼神都不给他一个，还抱着那个人一个劲喊儿子。

那人终于缓过神来了，不耐烦地推开唐幕斯："你谁啊？谁是你儿子？这是可以乱喊的吗？我跟你们说啊，别以为这样我就会放你们进去。不通过检查，谁都别想进。"

唐幕斯被他这一通话说得很委屈，这个人长得跟他儿子一模一样，怎么就不认识他呢？难道基地可以利用一个人仿制出一个两个或是无数个同样的人出来？这个猜想如果成立的话，那可就太可怕了。他又该怎样去把儿子找回来呢？

唐幕斯盯着唐年看了好一会儿，想从他的脸上看出破绽。可惜没有！他自然不甘心，猛扑过去掀起对方的衣服。他一眼看到他的肚脐眼没有芯片。这真是太好了，不管他刚才的猜想能不能成立都没关系，他就是他的儿子唐年！

唐年恼火得很，双手护着自己，瞪唐幕斯："你怎么老喜欢动手动脚的，真是讨厌。"

小样的，你知道我是谁吗，还讨厌。唐幕斯懒得应他，问道："你叫什么名字？"

"我干吗要告诉你？"唐年一脸看神经病的样子。

"哼！你不告诉我，我也知道。你叫唐年。"

"你怎么知道？"唐年说完赶紧捂住嘴巴，转而气恼地吼："你竟然在背后偷偷调查我，你什么居心？还有，我怎么从来都没有见过你们，你们究竟是什么人？"

唐幕斯说："我用得着调查吗？我是你爸爸，你的名字是我和你妈妈取的。"

唐年自然不相信，闭着眼睛胡说八道，目的只是进基地。他瞥了两人一眼："别怪我没提醒你们，想要活命就赶紧离开这里。我可以当你们走错地方了，不报上去。"

他说完就摆出一脸"我都这么好说话了，你们别不识好歹"的样子。唐幕斯非常难过，不明白唐年为什么不认自己。他突然想到什么，抬头看了看四周，并没有发现摄像头之类的东西。难道仿生人制造者把监控安在不能用人眼发现的地方？按照他们变态的思维方式，做出这样的事太正常了。又或者说唐年在这里并不是自由之身，在他们看不到的地方，正被某些人监视着，而唐年为了保证他们的安全，所以才不得不选择如此行事？如果真是这样，他们就更不能走了！

唐年不知道唐幕斯已经想了这么多，冷哼一声开始赶人。李梓琦以为唐年想走，他双手一摊挡在他面前："如果你要我们在活命和进基地之间选一个，我们选后者。"

唐年算是知道，今天遇到了两个疯子。他想是不是放个什么大招出来，让他们知难而退才行。

唐幕斯看到他眉头拧得死紧，便把拨浪鼓拿出来在唐年面前晃了几下。不管唐年是因为什么不跟自己相认，也不管前方有多少磨难，有人陪着一起闯总好过一个人面对。

唐年一看到拨浪鼓就双眼发亮。他一把夺过拨浪鼓，一脸的若有所思。他也不知道是为什么，第一眼就认定这是他的东西，是一个很重要的人送给他的。可他也很确定，自己未曾见过这个拨浪鼓。这种感觉很奇怪，但他不想深究，只觉得这是自己的东西，当然要由自己保管。

唐幕斯扒着他，一脸急切："你是不是最想看到这个？"

"我的东西怎么在你这里？"

唐幕斯愣怔了一下，没想到唐年会这样问，不认他却说拨浪鼓是自己的。但唐年脸上的表情不像是装出来的，他好似真的不记得他这个爸爸了。想到自己在唐年心里还不如一个拨浪鼓，唐幕斯就感到心酸不已。他一边紧盯着唐年，一边思考着怎样回答才能引起他的共鸣。

李梓琦也看出唐年是真的不认识唐幕斯，大概是被基地里那些变态的人用什么手段让他失忆了。而拨浪鼓能让唐年意识到这是他的东西，大概真的是记忆太深刻的缘故。如果能因此唤醒他的记忆，哪怕是一部分都是好的。但谁也无法预料，毕竟记忆这个东西，哪怕是最顶尖的医学家也难说得清楚。

李梓琦还是准备说服唐年，哪怕他暂时没有了记忆，但同为人类就有责任维护地球和平。可他刚动步，就被唐年一脚绊倒了。唐幕斯赶紧上前想把李梓琦扶起来，唐年又一脚踢到他屁股上，另一只脚跪压在李梓琦的身上。没看到唐年是怎么操作的，待两人反应过来时，他们的手已经被手铐铐起来了。

李梓琦气急败坏："唐年，你这是在做什么？快点放开我们。"

唐幕斯也气得跺脚："你知道你这样做的后果是什么吗？"

唐年眼皮都没掀一下："我不追究我的东西为什么会在你手上，更不想知道后果是什么。我只知道我有我的责任，我已经给过你们机会，但你们太不配合了。既然这样，那我就带你们去一个地方见识见识吧。"

"什么地方？"两人异口同声。

## 9

唐年仿若没有听到，直接拖着他们就往基地里面走。没想到里面非常大，一排排的玻璃格子间，每一个格子间里都放置着不同的物品，稀奇古怪得让人分辨不出形状。但李梓琦每往前走一步，眉头就要皱紧一分。

当他看到那些被装在玻璃柜子里，用不同颜色的液体浸泡着的人体器官时，恶心感达到了极致，恨不得把胆水都呕吐出去。

唐年看着自己被李梓琦的呕吐物弄得臭烘烘的衣服，认定他是故意的，气得把他推到玻璃柜前，逼他看那些在液体中歪斜的人体器官。唐幕斯赶紧推着他们走，再不走他也要吐了，怎样变态的人才能做出这么变态的事？这些人体器官原先是一个个活生生的人身上的还是他们仿制出来的"样品"？无论是哪种，都让人不寒而栗。

唐年瞪着他们，指了指玻璃柜："我告诉你们，进来了就老实点，不然明天你们的基因可能就会出现在这里面。"

李梓琦感觉喘不过气来，真的是太恐怖了，同时也更加坚定了他要把此事彻查到底的决心。他不断祈祷，希望病毒的计划已被阻止，希望不会再有人受害。但源头还是在这基地里，只有将其曝光才能彻底解决。

唐年带着两人继续往前走到头，在一个三角形地板上踩了两下，左边立即涌现出一排格子间，跟前面他们看到的差不多。李梓琦和唐幕斯对视一眼，都从对方的眼里看到惊恐及无措。他们刚才看到前面没有路时，还以为已经走到基地的尽头了，谁知道竟然还有暗道。

李梓琦和唐幕斯用眼神交谈，均担心走进去若是再出不来该怎么办？李梓琦想到自己只向相关部门透露了白丝蚁病毒的事就后悔得要死，为什么不把他们要来仿生人基地的事也一起说了呢？仅为了防止假唐年知道他们的行动，就两个人跑进来打探。

现在好了，什么都没摸到人就要折进去了，不知道艾叶和艾一在哪里，这些阴谋也不知道还有没有机会说。李梓琦越想越懊恼，咬牙切齿的，恨不得扑上去咬唐年几口。

唐幕斯却坚信唐年不会把他们怎么样，哪怕他现在没有记忆，但他的本性是善良的。对于他的想法，李梓琦不敢认同。人这样复杂的生物，很多时候的行为都难以预料，何况是在生死面前呢？

唐幕斯用手肘顶了顶他，示意他看前面。李梓琦被眼前的那些人吓了一跳。人不多，但每个人的装扮非常奇怪。他们穿着各式各样的衣服，脸上戴着黑色的口罩，没有头发也没有眉毛。也就是说，每个人从眼睛以上都是光溜溜的，亮如镜片。刚刚外面一路走过，除了泡在玻璃柜里的人体器官外，没有遇到一个人，莫非这里才是基地的核心地带？

这里的格子间也较外面的更大，有的里面还摆着稀奇古怪的机器，莫非就是制造人体器官的场所？当人体的各种器官可以由这些冰冷的机器生产出来，而且是大规模的生产，再植入他们制造出来的仿生人身体里。而制造者可以控制这些仿生人，利用它们达到不可告人的目的。光是想想就让李梓琦觉得受不了，真的是一件非常可怕非常灭绝人性的事情。

李梓琦虽然怕得要死，但仍悄悄往边上靠了靠，想要看得更清楚一点。唐年一个错步就挡在了他的面前，冷冷地警告他："不想给自己惹麻烦的话，就少看少问少说话。在这里，只有老老实实的人才能活得久一点。"

李梓琦冷哼："活得久一点？像你这样吗？"

连自己老爸都不认识，跟行尸走肉有什么不同？

唐年不理他，丢下"跟上"两个字就往前走。他一点都不担心他们会不会跟上来。到了这个地方，不是那么容易能离开的。

两人跟着唐年来到一个堆满架子的格子间前。唐年站在门口，完全没有进去的打算。看到两人有些迟疑，他抬脚又要踹他们的屁股。李梓琦拉着唐幕斯扭身躲过，冷声吐槽唐年那么爱踢人屁股，真是有病。

唐年没踹到屁股，只好把脚收回来，给他们打开手铐，指着里面："进去老实待着。"

唐幕斯自然不可能让他就这样离开，死命扯着他也进了格子间。李梓琦还在打量四周，就听到艾叶的惊呼声："老李，你怎么也来了？"

## 10

李梓琦这才发现，在最里边的角落里，那抱成一团的两个人，竟是艾叶和艾一。艾叶双眼含泪，嘴唇哆嗦着已说不出话来了，好似刚才那句话已用尽了她的全部力气。艾一整个人都是呆呆的，她的眼里被恐惧塞满了。虽然李梓琦已有心理准备，知道她们被假唐年带走了，但此时看到她们这惊恐至极的样子，他的心还是揪得生疼。唯一庆幸的是，他找到了她们，而她们还活着。他直扑过去，一把抱住她们，不停地安慰着："别怕，我来了，我来了。"

艾叶却一把推开他,双眼瞪得老大,声音也尖锐得很:"你快走,快走。"

唐年冷笑。李梓琦冲过去一个拳头挥到他脸上,打得唐年龇牙咧嘴的,拨浪鼓也从他口袋里滚了出来。艾一的眼睛闪了一下,扯了扯艾叶的衣服,轻声说着:"拨浪鼓,拨浪鼓……"

艾叶看到艾一肯说话了,也管不了这个拨浪鼓是从唐年身上掉下来的,一把就拿过来递给艾一。艾一嘴角刚往上翘,拨浪鼓就被唐年抢走了。艾一扑进艾叶的怀里哭诉:"抢拨浪鼓!坏人!"

艾叶看了一眼凶巴巴的唐年,知道自己抢不过他,也不敢去抢,只能低头安慰艾一:"以后妈妈买一个给你。"

"我要妈妈自己做的。"

"好,妈妈给你做一个更漂亮,敲得更响的拨浪鼓。"

"比这个还要好,好一万倍。"

"对,比这个还要好,好一万倍。"

唐年看着艾叶母女,她们的对话似曾相识。他的记忆在快速滚动。他好似看到多年前,有一个小男孩也曾这样闹过,要他妈妈帮他做一个比别的拨浪鼓好一万倍的拨浪鼓。那时候的妈妈也这样年轻,对他也这样温柔,仿若无论他要什么,她都可以做出来那般。但拨浪鼓并不好做,妈妈的手被刀划伤了好多次,留下好些伤口。但妈妈都没有放弃,坚持要做一个最好的拨浪鼓给男孩。

那些从伤口流出来的血,染红了唐年记忆深处的那片世界。虽有些模糊,但唐年可以深切感知到,那是他亲历过的事。唐年反复翻看着拨浪鼓，两颗珠子随着他的动作不停地敲击鼓面。声音清透，好似敲在他的心房上，又好似能带他穿透时光追寻过往。唐年的脑袋越来越痛，痛到快晕过去了。他抓住东西支撑身体，头脑里挤入的画面越来越多，在一阵头晕脑涨的冲击下，他想起了一些事，也终于认出了唐幕斯。

唐年激动地上前抓住唐幕斯的手，可他还未来得及说话就被一个急吼吼的声音打断了："唐年，你快点去黑了地面上所有的通信系统。"

唐年抓着唐幕斯的手没有松开，问来者："9480，为什么突然要这样做？我不是早就说过吗，如果我们动了地面的系统，基地很容易就会被发现。"

"现在已经顾不上那么多了，我们在地面上那些人有可能已经暴露了。"

"发生什么事了？"唐年听了9480的话，并没有很急，反而想探听些消息。刚才他说李梓琦他们不容易出去，其实他又何尝不是。自从来到这里，他就再也没有见过太阳，甚至还弄丢了自己的记忆。

"那些愚蠢的家伙，只想着在哈理博士面前争功劳，竟然想把我们刚刚研制出来还未通过检测的病毒植入市民身体里，以此来加快摧毁人类的速度。"9480气恼得很，一脚踹到玻璃门上，痛得嗷叫不已。

"你说的是白丝蚁病毒吗？当初哈理博士主持研究这个病毒的时候，就遭到了很多人的反对。这虽然会加快地球的灭亡，但也有可能落得一个不可收拾的结局。所以哈理博士的这项研究已经被主上给阻止了啊。"

"哎，你别唠叨这么多了，快按指令行事吧。"9480说完就往外跑："我要跟他们去地面上，听说场面快要失控了，搞得人心惶惶的。"

李梓琦听得浑身冒冷汗，主上？哈理博士？白丝蚁病毒？地球灭亡？然后成就仿生人的世界吗？9480说的场面失控，看来自己捅出去的消息引起相关部门的重视了。假唐年知道自己跑了，必定会联合假社长想其他办法一起发布通告。大概他们没有想到，他已经抢先把消息捅出去了。现在大约是中午，离自己被假唐年盯上已经过去十几个小时了，不知道有多少人受到了迫害。会不会还是晚了一步？

唐幕斯抓着唐年的手，生怕他真的按指令行事。他语速飞快地把假唐年正谋划的阴谋事件全说了出来，想着若是唐年还不清醒的话就把他敲晕，反正绝不能让他参与。

## 11

唐年把自己已经有了一些过往记忆的事说了，但仍是不清楚自己怎么就来到了这里。唐幕斯却说："现在细想，就是从你跟我说你公司总部派你去分公司出差，大约需要一个月才能回家。你回来之后又说去某个地方培训两个月，其实从那个时候我就偶尔感觉到你有些地方不同了。可我总以为你是因为工作上遇到了困难，或者是累了导致的。现在知道了他们的阴谋，我想那时候出现在我面前的就已经是仿生出来的唐年了。"

李梓琦一边扶艾叶和艾一到凳子上坐下，一边问唐年："你的意思是，你知道是坏事，那你怎么还跟他们同流合污呢？"

唐年捶了一下自己的脑瓜子："我也不知道他们对我做了什么，让我潜意识里认为我从小就是在这里长大，我就是这里的人。我不知道外面的世界，我觉得那离我很遥远。他们经常对我说，地面上的人都非常变态非常凶残，我们这样做是在拯救地球，是为了让更多的人过上想要的生活。所以我哪怕知道他们做的事情不好，也认为这就是这里的人所生存的方式，是我们的使命，并没有质疑过什么。"

李梓琦指着艾叶和艾一："哪怕他们把妇女和孩子抓来，你也觉得这样做是对的吗？"

唐年不敢看他："仿生人每次都把抓来的人关在这里，拿了他们的头发去做测试。等到检测通过后，再制造出跟他们一模一样的人。开始我也觉得这样不对，但是他们告诉我基地里面制造出来的人，比他们本尊更健康，更快乐，也更优秀。"

真是让人无语！这个基地所谓的"人工生物"工程可以让人失去记忆，也可以植入他们设置好的记忆，还丧心病狂地绑人过来供他们研究、制造、生产，这简直太恐怖了。无论如何都必须摧毁它，不能让它害人了。

艾叶搂着浑身发抖的艾一，问唐年："我们被抓来这里，他们照着我们的样子，制造出和我们一样的人。然后让他们顶替我们的身份，跟地球人一起生活。那么被仿制的我们呢，又该何去何从？"

"刚制造出来的仿生人是没有开智的，要让他们和本尊相处一段时间，等到他们可以和本尊一样，甚至连最亲密的人都难以分辨出来的时候，本尊就可以从这个世界消失了。也有很优秀，而且是基地需要的人才，他们就会使用一些手段让他留下来。"

"就像你这样？"唐幕斯气得要死。按唐年这个说法，如果不是他优秀且基地需要，他可能已经不在了。

唐年不敢吭声，想到自己或许曾奉命做过一些凶残的事，哪怕不是自己的本心，但仍然愧疚得很。李梓琦想到现在的社长也是仿生人，就问唐年他原来的社长还在不在基地里。唐年听了他报出来的名字，摇头表示他在基地里没有听过这个名字。但也有可能是基地为了便于管理他的名字被换成了编号。

艾叶问："那为什么你用的是自己的名字？"

唐年说："我之前也是有编号的，只是我有一次在无意识中登录了一个账号，当时我还很奇怪，我怎么会去登录这个账号，上面除了我的头像外什么信息都没有。账号的名字就叫唐年，而我第一时间就认定这是我的名字。后来我就一直让人家叫我唐年，基地里有人曾反对过，但我坚持不肯改，他们渐渐也就不管了。"

唐幕斯非常庆幸，唐年以往每次都是用自己的本名注册账号，他还多次嫌弃过。可若非如此，只怕他们相认就没那么顺利了。

唐年不认识李梓琦的社长，也不知道每个编号对应的名字，所以不能确定他还在不在基地里。他并不能完全知道那些被仿制过的人最终的去向，最终又是以什么方式消失。这在基地是不可以随意打听与交谈的。

李梓琦心痛不已："现在我们最主要的事，就是把基地曝光，让他们的所作所为无处遁形。"

地面上的事应该不用他们操心了，若知晓了仿生人的阴谋，相关部门一定会尽全力阻止。现在最主要的是病毒源，无论这个病毒感染后的症状如何，都必须将其毁灭。

唐年沉思了一会儿："或者有一个人会有办法。"

"是谁？在哪里？我们去找他。"李梓琦说着就往外走。

"是哈理博士的导师 L 先生，一个怪脾气的老头。"

"L 先生？"李梓琦惊呼。

唐幕斯说："你认识？"

"如果这个 L 先生是我知道的那个 L 先生的话，那就是我认识他，他不认识我。我之前接到过采访他的任务，可约了多少次都没有成功。很少有人知道他的真实姓名，他发表的著作也都是以 L 先生署名，所以大家干脆以 L 先生称呼他。"

## 12

唐年带着他们穿过一条窄窄的通道，躲避了好几批人，才来到一个独立的格子间。这个格子间与外面的都不同，整个都用东西包围起来了，看上去就跟一个蒙古包似的。唐年刚敲门，里面的人就开始扔东西："别再枉费心机了，无论你们用什么办法，我都不可能答应。"

艾一吓得死死抱住李梓琦，整张脸都埋在他的肩窝里。李梓琦轻拍着安抚她，一边推测 L 先生肯定是哈理博士请来帮忙的，估计到这里后，知道他们的阴谋便不肯配合，所以才被哈理博士关了起来。从他的话里便可知道，哈理博士为了说服他，使用过很多手段。L 先生一直不答应，哈理博士又不肯放人离开，双方就此僵持不下。

他们和 L 先生是可以统一战线的，最主要是让他知道他们的目的。唐年竖起一根手指在嘴唇边比画了一下，绕到另一边去看了下房子的报警装置，再走回来示意可以直接闯进去。没有更好的办法，也没有时间让他们细想，拖得越久变数越大。

李梓琦示意艾叶抱住艾一，他们三人齐心协力踹门。别看格子间都是玻璃材质的，但抗压程度却非常强。里面的 L 先生听到动静后，一边摔东西一边吼骂。艾叶抱着艾一抖个不停，既要关注他们的动静，又要留意有没有被人发现，怕得要死。

门在三个人不断的攻击下终于倒了。L 先生大概没想到这么容易，愣怔了一下后，抓起手边的杯子就朝他们扔了过来。

李梓琦一边侧身，一边伸手接住了杯子。L 先生气恼得很，双眼瞪得老大，挥着双手让他们走。艾一看到 L 先生几次打到李梓琦，就挣扎着从艾叶的怀里下来，朝 L 先生冲过去："老爷爷，我把拨浪鼓给您玩，不要打我爸爸。"

艾叶也冲过去，想把艾一拉回来，但小姑娘不肯，一直举着拨浪鼓往 L 先生面前送。L 先生指着李梓琦几个人骂："你们为了让我答应，竟然让一个小孩来劝我？我告诉你们，谁来都没用，赶紧出去。"

艾一摇起拨浪鼓，清脆的声音敲击着每个人的心房。唐年走过去，蹲在艾一旁边，低声把自身的遭遇讲给 L 先生听。L 先生从不耐烦到平静，听完唐年的话有些不敢相信："你的记忆是被这拨浪鼓唤醒的？"

李梓琦无奈地叹气，这 L 先生的关注点也太偏了，难道智商高的人所关注的方向也要奇特些？这可不行，必须让 L 先生知道白丝蚁病毒的严重性。他走过去紧抓着 L 先生的双手，讲他这一路上的遭遇，因为太过着急又紧张，讲得语无伦次的。

L 先生相当恼火，一把挥开他的手："你不用说了，不就是白丝蚁病毒吗？"

李梓琦松了口气："太好了，我就知道您一定有办法。"

"好什么好？我没有办法，谁都没办法。"

李梓琦忍不住翻了个白眼，没办法你还说得这么云淡风轻的干什么？

唐年不死心："难道白丝蚁病毒还没有可抑制它的药物？"

"没有！"

"那怎么办？"

"凉拌。"L 先生咬牙切齿的。

唐幕斯瞪了他一眼："你干吗说这两个字，这可是我们地球人的专用词语。"

L 先生气笑了："你以为你现在站的地方是外星球吗？"

"我当然清楚自己在什么地方，是担心你忘了。你想一下，既然我们都是地球人，在大众遇到困难时是不是应该齐心协力？要知道，任何时候我们都是一体的，面对这样的事情，没有人可以独善其身。"

"谁要独善其身了？"

艾一嘀嘀咕咕："那您刚才还说凉拌呢。"

L 先生无奈地抚额："你们应该知道白丝蚁病毒不但传播性强，传播渠道还广。最可怕的是感染上白丝蚁病毒的人，后期会生出非常强烈的厌世心理，会想去破坏一切，想拖着所有人一起去死。就算有药物抑制了病毒，但患者的厌世心理还是会存在。这一点比病毒还要可怕，不是单靠药物就可以治愈的，这需要患者有非常强大非常阳光的心理，愿意积极配合每一步治疗才有可能慢慢愈合。"

他们听了这些话，都生生打了个冷战，万万没想到白丝蚁病毒竟然有如此严重的后遗症，真的是太恐怖了。

L 先生停顿了一下，才接着说："我被关在这里的这些天，是尝试着研制过这个病毒的抗体，但没有临床试验，没有数据，所以不能确定这些抗体对白丝蚁病毒是否有效。我原本以为，只要我一直没研制出抗病毒药剂，哈理就不会让病毒流出去。现在看来，我到底还是高估了他的良知。"

唐年告诉他们，因为基地"人工生物"工程研究进行得越来越不顺利，不但找"样品"越来越难，仿制出来的人跟本尊在性格上也开始有出入。不知道是和泡制的药水有关，还是仿制过程中哪个环节出了问题，几乎所有的仿生人都变得残暴又自私。每更新一代器官产品，就有许多仿生人争相着请求更换自身器官。基地为了缩减资源，便以没达到更换要求而拒绝他们的请求。没想到有部分仿生人为了达到目的竟做出自残的事，稀奇古怪的手段让人既抓狂又无奈。这让哈理博士非常头疼，认为既然用地球人的发肤仿制出来的人如此"肤浅"，那就让地球人都消失好了。虽然他之前是想仿制一些高素质的优秀人才，借用这些仿生人的智商来帮他管控以后的人类。既然这个设想达不到他的预期，那就只能把病毒计划提前。最后看看有谁可以逃过病毒的攻击，再让这些幸存下来的人，来做"人工生物"工程新的"样品"。

## 13

听到唐年的话，所有人都愤怒得无法言语。人命在哈理眼里，又算是什么？这样变态的心理，这样变态的思维，谁都不知道他下一秒又会生出什么怪异的念头。所以他们唯一要做的，就是阻止并摧毁这一切。

艾叶："不是说白丝蚁病毒可以威胁到所有的地球人，在没有任何可抗击它的药剂的情况下，哈理怎么就敢这样做？难道他不是地球人？"

"哈理当然是地球人，包括那个主上也是地球人。"L先生叹了口气接着说，"他们既狂妄又自大，任何事都只看重当前利益，从不考虑后果。"

李梓琦请求 L 先生尽快确定研制出来的抗体是否可以有效抗击白丝蚁病毒。现在的情况非常危急，在基地即将暴露之时，他们既要防止哈理团队狗急跳墙，又要做好多手准备，而抗病毒药剂是重中之重。如果让哈理钻到空子放出病毒，那无论是对人类还是地球上的其他生物，都是非常大的危害。

L 先生摇头，他告诉李梓琦，使用一个药物的研究到投入临床需要一年以上的时间。就拿 F 肺炎病毒，经过近几十年的研究，在临床上都没有特效的药物或者疫苗。还有 Z 冠状病毒，也是历时几年都未能研究出针对性强的药剂。只是根据患者的不同症状，用一些抗病毒以及增强免疫力的药物。所以想短时间内研究出有针对性的抗病毒药剂是不现实的想法。何况白丝蚁病毒要严重得多，它的传播性不但更强，还更能摧毁患者心智，这也是这个病毒最大的特点。

李梓琦垮下双肩，难道就没有办法了吗？L 先生说："当然有办法，不都说'办法是人想出来的'吗？现在我们要双管齐下抢时间。一方面尽快切断传播源，另一方面尽快研制抗病毒药剂。我现在已经很了解病毒的特性，也有了很清晰的研究方向。不过我要回自己的研究室，才能进行后续的工作，这也是目前让我头疼的问题。"

"这个我来处理。"唐年一边说一边从背包里拿出笔记本电脑。

唐幕斯一听到"处理"两个字，就紧张地拉着唐年，生怕他一个冲动就去找哈理拼命。唐年表示自己不会这么傻，他只是进去扰乱哈理团队的系统，让基地处于瘫痪状态，以便他们找到漏洞逃出去。

唐幕斯说："哪里要这么麻烦，照我说，就直接把这里捣毁算了。"

唐幕斯只要想到唐年被绑来这里，那些人不但把他的记忆封锁重植，还制造出一个假唐年，安排他顶替唐年的身份，恶毒地策划出这样丧心病狂的阴谋，就恨不得让所有的一切都消失。

李梓琦说："那些被他们仿制出来的人也算是人类，有许多都顶替了原主的身份，开始了正常的生活。有些原主待解救出来后还可以回归，有些却是永远都回不去了。那仿生人对于他们的亲人来说，就是最好的精神寄托。当然仿生人在许多方面还需要引导和改善，但不是短时间内可以做到的。牵连的方方面面太多，我们也没有权利直接捣毁基地，还是交给相关部门，相信会有一个合理且人性的处理办法。"

L 先生点头，赞同李梓琦的说法。不管怎么样，很多仿生人都是没有做错事的，不能一概而论。于是，都支持唐年先扰乱基地网络系统，让他们不能与外界取得联系。另外，唐年又以最快的速度联系了他之前的导师，请求他想办法尽快把消息反馈给相关部门。

L 先生："我们当前最需要做的事，是要拿到所有的白丝蚁病毒源，不能让哈理他们有机会用它来威胁我们，还要防止他做出更多丧心病狂的事。"

唐年说："哈理团队为了保护病毒，一直将其藏于 A 区，派专人管理，妥善存放。那里的防御系统是整个基地级别最高、最严密的地方，而且还有遥控引爆装置。如果哈理发现有任何不对劲，只怕他会将其炸掉。"

L先生急得摆手："不行，不行！不能让他这样做。病毒不会随着引爆而消失，反而有可能扩散得更快、更广。这里又是在地底下，有不计其数的生物，而水是流动的，任何速度都快不过水的流动速度。"

"我刚才已经在A区域设置了防火墙，把整片区域都锁上了，没有我的允许，一时没有人可以进得去。"唐年飞快地敲下一串串代码，"我已经共享了基地的实时位置，相信很快就会有人过来的。"

"那需要我们做什么吗？"

唐年摆了下手："现在我们就是要拖时间，我估计我们还没有暴露，在哈理那里，我应该还是自己人。他们的系统被我格式化了，应该很快就会有人来找我。"

唐年往外走了两步，又指着L先生的电脑说："之前有人来通知我，让我黑进地面上的网络系统。我现在就借此出去，但也有可能会暴露，可能不能再来这里跟你们会合。如果真到那个地步，我会敲三下L先生的电脑，你们听到声音就自己出来，见机行事。"

李梓琦听到唐年这样说就很紧张。这是他一直都有的毛病，越是紧急的时候就越容易紧张。就好比从小到大，每一次考试的时候，他都要先去上厕所，怎么忍都忍不住，其实去了厕所根本也尿不出来。他追问："我看到刚才你带我们进来的时候是启动了机关的，现在你让我们自己出去，我们能走得出去吗？"

"我在出去的时候就会把路上的机关全部都清理掉。"

# 14

唐年说完就走了，唐幕斯也要跟着去，但被李梓琦拉了回来。L 先生对他说："让唐年一个人去要好点，毕竟目前哈理团队还是相信他的，我们不出现他反而更安全。难道你不相信自己的儿子吗？"

"我当然相信他，可是哈理团队不是惯会使用卑劣手段吗，我是担心唐年一不小心又着了他们的道。"

几个人同时摇头，一定不会的。若说历经磨难才能换来成长，那唐年所经历的又岂是"磨难"二字就可以概括的？艾一拍了拍唐幕斯的肩膀："信任就是最好的武器，它可以让人所向披靡。"

她一脸认真的样子让大伙儿都笑了，也让唐幕斯暂时放下心来。L 先生让他们先休息，拿出食物给他们补充能量。李梓琦这时才感到肚子里早已泛酸，从昨天中午在单位食堂进过餐之后，已经近三十个小时没有吃过东西了。此时看到食物，竟然有种说不出的酸楚。世事无常，若是可以，谁不想安稳度日呢？

没多久，L 先生突然坐不住了，先往脸上罩了个防毒面具，接着穿防护服。他看到他们呆愣的样子很不满意，说他们太没有防御意识了，怎么就不想想，接下来可是要打一场硬仗的啊。

L 先生把自己全副武装，然后双手放在膝盖上，腰板挺得笔直笔直的，瞪着一双大眼睛死盯着门口。艾一觉得他这样子很好笑，便也摆了个同样的姿势蹲在旁边。

没想到唐年很快就返回来了，还被他俩吓了一跳，下意识地往后瞅了一眼。唐幕斯直接把他拽了进来护在身后，并做好随时进攻别人的准备。其他几个人也非常同步，几乎同时挤向门口。

唐年看到他们这个样子觉得好笑，唐幕斯一巴掌拍在他头上，想着自己好不容易找到的儿子是不是傻了，在这种危急时刻，难道不应该严阵以待吗？

跟着唐年一起来的是几个穿着防护服的人。李梓琦认出其中一个是他的同事小李，一时激动不已。小李告诉他，他留的信被第一时间送到上级防疫部门，相关人员立马各司其职。根据信中的提示，第一时间把假唐年和社长控制住了。并从他们的电脑里获知基地的位置，立即成立了行动小组，各部门都以最快速度到达了指定位置，并制定了周密的战术。

小李有些沉重地告诉李梓琦，他们原来的社长和另外几十个人，一起被注射了不同剂量的病毒，目前都有了不同程度的症状。最糟糕的是，地面上也出现了一些病例，情况非常危急。

李梓琦看向 L 先生。L 先生轻点了下头，他知道，接下来，到他上战场了。这是他不可推卸的责任。他很庆幸，在哈理把他关在这里的那些日子里，他一直都有在用心研究。才可以让他在病毒冒头时，不至于跟无头苍蝇那般，没有一点头绪。

他们都穿好了防护服，一起往外面走。他们看到很多人在警察的押送下往出口走去。唐年说那些都是基地仿制出来的人，虽然开智后能如常人般工作生活，但若是离开研制的机器，不知道他们身体里的器官是否能维持日常所需，如果出现问题会是什么下场，就谁也说不准了。

唐幕斯想起那个在身边生活了那么些日子的假唐年，一时也感慨不已。虽然很痛恨他之前做的那些事，但谁又能说他们本性就是如此呢？李梓琦拍了拍他的肩膀开解他，虽然他们是仿生人，但在开智后就有了正常人的思维。就算基地安排他们做一些事，如果他本性善良，就能分辨出好坏，从而做出正确的选择，而不是被人牵着鼻子走。在这个世界上，每个人都只有心存善念，与人为善，与世界为善，做一个积极进取、充满正能量的人，这样才会拥有自己想要的未来。没有人是可以靠侥幸获得幸福的，就算有也长久不了。每个人都必须为自己的所作所为承担责任，而不是在出事后把责任推给别人。有因才有果，可种什么样的因结什么样的果可以自己选择，实在无法选择时，也要把底线抓在自己的手里。

唐幕斯知道他说得有道理，每个人都有自己要做的事，都应该摆正自己所处的位置。在无法改变一些人和事的时候，就坚持做好自己。每个人都得为自己的所作所为负责，仿生人也不能例外。

回到地面的时候，李梓琦特意看了眼时间，正好是晚上 11 点钟，从他被绑架，已过去了二十八个小时。他知道，这二十八个小时里所经历的，好些都冲破了他原有的思维，必定会成为他余生时时回顾的所在。他也知道，接下来还有很多事要忙，但他的心是安定的。他的周围，有许多人和他一样在努力前行，为了这个世界也是为了自己。他在大松一口气时也无比庆幸，庆幸自己的坚持，庆幸自己选择相信唐幕斯，更庆幸身边重要的人都安好。

　　L先生离开前特意来跟李梓琦约定："等到我和我的团队研制出抗白丝蚁病毒的药剂后，我接受你的访谈邀请。"

　　李梓琦欣然应下，他相信这一天很快就会到来，就如同他始终相信，正义永远都在。

# 胜　算

余巍巍

　　*任致月日记：这是个值得记录的日子，我终于毕业了。虽然还没有找到治疗尿毒症的特效药，但我拥有了研究对付这个病魔的平台。阿婆，您放心，我会兑现自己的诺言，为像您一样饱受病痛折磨的人好好努力。*

## 1

　　九年的本博连读，任致月终于穿着黑色的博士礼服，在众目注视下，双手接过了校长递过来的毕业证。

　　台下掌声如雷。父母亲手捧鲜花，在台下热烈挥手。男朋友李牧野跟他们公司的啦啦队坐在另一边，不时举起手中的荧光牌祝福她。

任致月双眼含泪，默默地对着晴朗的天空说："阿婆，我终于毕业了！请相信我一定能够与团队一起，研究出治疗尿毒症的特效药，救治那些跟您一样，被尿毒症折磨的人！"

一只白色蝴蝶从旁边的紫薇树上飞过来，稳稳地落在任致月胸前。

她没有驱赶，而是任由蝴蝶绕着她飞一圈，然后在靠近心脏的地方停了下来。

任致月在聚光灯的照射下，微微地昂起头。她清晰地感到已经离开她十年的阿婆又回来了，变成一只蝴蝶，分享她的喜悦。

父母早早就问过任致月，毕业了想去哪儿工作。他们以为的答案，是继续出国深造，去北京、上海等一线城市的大医院或者科研机构，发挥专业特长。要不就是留在深圳的大医院，做一名肾内科医生。毕竟，她自作主张选择了临床医学，重点专修了肾内科。

任致月的答案却让他们意外："我已经收到S实验室的邀请函了，决定去那里的实验室工作！"任致月为实现这个心愿，已经努力了很长时间。从高中毕业那一年，阿婆离开她开始。

高中毕业填报志愿，班上几乎所有同学都被任致月的选择惊呆了。

北京医科大学。

同学们之前也小圈子讨论过将来做什么。很多人选择当下最热门的专业。想赚钱的选择填报理财师、金融师。喜欢宠物的选择了宠物美容、兽医专业。很多的同学选择了机器人工程、数据科学与大数据技术等。在同学们看来，任致月身材高挑，长相漂亮，平时又喜欢写写画画，是副班长兼文娱委员，至少也要选与艺术有关的专业。毕业后当个专业写手或者播音员、文艺工作者，多轻松。

然而，她真的是白纸黑字写了"北京医科大学"六个字。

班主任老师也有些不解。放学后把任致月找过去，问是不是家长要求她填报这样的志愿。"你平时体检抽血都头晕，怎么会选择报医科大学？"

致月紧抿着唇，显然是不想向老师解释太多。

正是夕阳西下，五月的阳光温柔地掠过任致月的脸。老师看见光晕里的她双目闪闪，真是一个发着光的孩子呢，非常惹人怜爱。

"如果你真的要报考医科大学，必须先做好心理准备。如果你选择临床医学，就是意味着要给病人做手术，不是坐在电脑前给病人远程看诊开药哦。学习的时候要先解剖小老鼠、小鸡、小猫之类的动物，血淋淋的……"班主任担心任致月只是一时任性，努力让她明白将要面对的挑战。

"老师，您放心吧！我是经过深思熟虑才做出的决定！"任致月望向老师的眼神非常坚定。

"好吧，老师多心了，会尊重你的选择，加油！"

任致月离开学校回家，步履轻快。校门口有直达地铁，她只须上车刷脸，就能直接按学生票价收取费用。并且，费用绑定了父亲的手机，连同行程轨迹，他们也能通过手机系统掌握。

任致月刚上地铁，腕上的手表电话便响了。她看了一眼手表，是家庭微信群的消息在闪烁着。她猜出来不是爸爸，就是妈妈获悉了她填报志愿的事情。

点开消息，果然。

父母都在科研单位上班，是那种非常开放的父母，不到周末是见不着人的。任致月每天在学校吃早上和中午两餐，晚上回家，家里的机器人九九都给她做好了两菜一汤的精致晚餐。

任致月与父母的联系，完全依靠视频电话。她已经习惯了这样的沟通方式。

妈妈生完她刚满月，就把她送到了舅舅家。外婆在任致月被父母接去上小学时告诉她，她叫了七年的"爸爸妈妈"只是她的舅舅舅妈，"大姨"和"大姨父"才是她的亲生父母。

这个消息确实震惊了任致月。

外婆当时跟大舅一家生活，大舅有个儿子。从刚学会走路和说话，到上小学之前，任致月都以为自己的父母是大舅和大舅妈。她跟着表哥叫大舅和大舅妈爸爸妈妈，叫外婆阿婆，叫大舅的儿子哥哥，叫自己的父母大姨父、大姨。

一直以来，任致月以为自己是舅舅舅妈的孩子。比她大四岁的哥哥小时候顽皮，经常恶作剧。不是扯任致月刚求着舅妈给编好的小辫子，就是在她的作业本上乱写乱画，有时候还故意把她的书包藏起来。任致月打不过哥哥，可没少在舅舅舅妈面前哭哭啼啼告状。

　　每个寒暑假，"大姨"都会接她过去那边，大姨家里还有一个姐姐。任致月那时候很得意，感觉"大姨"比"妈妈"对她还好。给她买新衣服，带她去游乐场，买她最喜欢的巧克力和大白兔奶糖。只是每次去了，"大姨"家的那个姐姐，总是对她横眉竖眼看不惯，嫌她土气，没见过世面。特别是看到平时宠爱自己的父母，对这个突如其来的妹妹关爱有加，更是气不打一处来。

　　而"大姨"总是耐心地跟任致月说："姐姐有些娇气，你不要跟她计较。"回过头又去跟姐姐谈心："致月是你的妹妹，不可以这样子的哦！"

## 2

　　以前寒暑假父母接任致月回去，阿婆都是兴高采烈的。用爸爸的话来说，阿婆终于可以休息一阵子了。

　　任致月心里总是小小的哀怨与兴奋交织。她既想让阿婆好生休息，又觉得阿婆这么开心她离开，心里很不爽。而这一次，阿婆提前几天帮任致月收拾个人物品时，就在偷偷地抹泪。

　　任致月就跑过去抱住阿婆："阿婆，你要是不舍得我去城里读书，就跟爸妈说一下，我愿意在村子里上学呢！"

　　阿婆赶紧抹干眼泪，说："傻孩子，阿婆是高兴哩，想到你终于长大了，能去城里上学，将来一定会有出息，做自己喜欢的事情！"

　　到爸爸来接她的这一天，阿婆更是哭得稀里哗啦的。连舅舅也忍不住出来说："妈，你就不要这么不舍得啦，致月只是回到自己的家，她得去更好的地方上学。这是好事，放假不就可以回来陪你了吗？"

阿婆这才不好意思地揉着红红的眼睛，转身进了屋子。似乎多看一眼外孙女，就会跟着她一起去城里。

任致月没有想到，她这次离开后没几年，阿婆就犯了肾病，并且一直没有治好。

刚上一年级，父母发现从小在农村长大的小女儿，很多方面都与城里的孩子有差距。许多城里孩子习以为常的事情，比如游泳，比如各种球类运动，她都不会。城里的孩子，幼儿园就有英语课，而任致月连 26 个字母都认不全。唯一会唱那首与英语有点儿关系的《字母歌》，还是通过妈妈买的碟片上的儿歌学才会，只会唱，并不认得它们。

于是，一到假期，妈妈就给任致月报了这样那样的兴趣班。英语补习班更是每周末半天。刚开始任致月不想去，妈妈就劝她说："你如果英语成绩不赶上来，总成绩会拖后腿的！到时期末考试完去阿婆家，阿婆问你分数，你怎么好意思说有一科没及格？"阿婆是任致月的软肋。果然，妈妈一提阿婆，她立刻答应了去补课。

另外，两个女儿因为长期没在一起生活，经常争宠吵架。姐姐总认为这个突然增加的家庭成员，就是来跟她抢父母的关爱，抢她的零食的，对她非常不爽。只要父母稍微对任致月好一点儿，姐姐就无端地发脾气，不吃饭。

任致月倒是适应能力非常强，她在舅舅家，有跟表哥一起生活的经验，也不管姐姐喜不喜欢她，处处维护着自己在这个家庭的地位。

任致月特别想念阿婆。考试考到好成绩，参加比赛得了奖励，被姐姐欺负，交到了新朋友……但因为阿婆用不惯手机，只能通过舅舅或者舅妈的手机偶尔接听一下。

可舅舅舅妈也不是随时可以帮任致月转达电话的。寒暑假，父母又帮任致月报了各种补习班，根本不像当时被接回来说的那样"随时可以回去看阿婆"。任致月与阿婆的见面，只剩下每年过年，或者阿婆的生日正好在某个假期。

"你是大孩子了，不能这么任性……"每次回到阿婆家，任致月便黏着阿婆，跟上跟下。阿婆有时候会苦口婆心地跟她说些过去的事情。鼓励她一定要好好学习，上好的大学，长大了能够做自己喜欢的工作。

"你看，阿婆没读过什么书，只能一辈子在家里当个家庭主妇，走不出这个村子。你得像你妈妈一样，多读书，走出去……"每当此时，任致月便会嘟着嘴撒娇："我才不呢，长大了我就读农业大学，学习最先进的养草种菜技术，回村子里陪你！我们可以用最先进的技术，不用像现在这么辛苦，你得挖地锄草。我相信，到时候，我们一定能栽一棵树在家门口，不但能结桃子、李子、苹果、木瓜等水果，还能结茄子、辣椒、西红柿，到那时候，我们只要给树施肥，一年四季的蔬菜水果就不愁了……"

任致月的脑瓜子，总是有些稀奇古怪的东西，逗得阿婆哈哈大笑："傻姑娘，别人都想着办法走出农村，去外面精彩的世界打拼，你倒好，还回乡下来！"阿婆总是笑呵呵地责备任致月没出息。

3

任致月是在高三那一年，听到父母在讨论着"尿毒症"什么的。本来，两位科研机构的工作人员讨论事情，任致月平时从不在意。但那次不知道为什么，她停下了去倒水的脚步，在父母书房外听了一会他们的谈话。

"我还是想继续寻找合适的肾源，目前换肾是最好的办法……"妈妈说。

爸爸没等妈妈的话说完，就打断了她的话。"你也不想想，妈都多大年纪了！你以为是二三十岁呀？都八十了呢，万一手术时有个意外什么的，下不来手术台怎么办？你负得起责吗？再说，换肾还要过排异关，你认为妈这身体受得住吗？"

"我就是不能看到妈透析时的痛苦样子，太折磨人了！有时候真的很难过，作为一名医生，却救治不了自己的妈妈……"妈妈开始抽泣起来。

"从目前的情况来看，透析是唯一延缓病情的办法，说不定，一段时间之后，治疗尿毒症的特效药就研发出来了呢！"爸爸拍着妈妈的肩膀安慰着。

任致月明白父母讨论的人，居然是阿婆。她顾不上自己是在虚掩的门后"偷听",门也没敲，推开门便闯了进去。

"我阿婆怎么了？生病了吗？"她抓住了妈妈的手。

父母显然也明白，他们所有的对话，都被女儿听到了。

"是的，你阿婆得了尿毒症，目前需要每周做两次透析……"爸爸想把事情说得轻松一点，努力地找措辞。

"爸爸，帮我买票，我要回光明去看阿婆……"任致月顾不了那么多，摇着父亲的胳膊请求着。

"你现在正是高三关键时刻，怎么能够请假回老家呀？阿婆的病也不是一天两天了，从你过来上学就检查出来了。况且暂时没有大问题，等你高考完，我们再带你一块儿回去。"爸爸拍了拍任致月的肩，安抚着她。

任致月望着妈妈哭得通红的眼睛，也忍不住哭了起来。任致月此刻最想做的事情，便是找到阿婆，亲口问问她现在的情况。

进入高三之后，她已经由原来每周一次跟阿婆的视频，变成一个月甚至更长的时间联系了。最近的那一次，舅舅跟任致月说，家里网络信号不好，刚接通便关掉了视频，并给任致月打了电话过来。任致月那次并没有看到阿婆的样子，阿婆在电话里的声音有气无力，她当时以为是疲劳所致，还交代阿婆要多保重身体。以往，她和阿婆的沟通，至少要十多分钟，有时半小时以上，阿婆会细细地询问她的学习情况，跟姐姐相处的好不好，长高了没有等等之类。

唯有那一次，她们只是在电话里匆匆地说了几句便挂断了。任致月一直以为阿婆是舍不得说太久，浪费舅舅的话费呢。心里不禁有深深的自责，阿婆从小一手一脚把她带大，怎么就没注意到阿婆的反常呢。

她找妈妈要了手机，想立刻马上见到阿婆。妈妈制止她说："我和你爸刚跟舅舅打过电话了，阿婆这会刚做完透析，好不容易睡一会儿，不要打扰她了好吗？等方便的时候，我再让你和阿婆通话。"

听说阿婆好不容易睡着，任致月默默地把手机还给了妈妈。在父母面前，她是个乖巧懂事的孩子。阿婆说过，回到父母身边要听话，不然，别人会说阿婆没有教育好她。但凡是提到与阿婆有关，不管是什么事情，任致月就会变得理智懂事。

任致月已经两年没回老家看阿婆了。高二开始，学习任务繁重起来，除了新课程的学习，老师已经开始组织他们进入"高考状态"。每周一次周测试，每月一次月考，一次次地检验他们的学习成果。

任致月看到过一则带着妈妈上大学的新闻，她曾经萌生过，如果考上了心仪的大学，她也想把阿婆带在身边，在学校附近租个小房子，白天她去学校上课，放学了跟阿婆一起去超市买菜买水果，晚上一起做她们喜欢吃的菜。

可现在情况，让她真切地感受到"子欲养而亲不待"。任致月已经没心情看书，她在电脑上输入"尿毒症"三个字，跳出来的内容让她不得不屏住呼吸。

尿毒症，实际上是指人体不能通过肾脏产生尿液，将体内代谢产生的废物和过多的水分排出体外，如葡萄糖、蛋白质、氨基酸、钠和钾离子、碳酸氢钠，酸碱平衡失常等，还有肾脏的内分泌功能如：生出肾素、促红细胞生成素、活性维生素 $D_3$、前列腺素等，肾脏的衰竭随着病情进展代谢失常引起的毒害。现代医学认为尿毒症是肾功能丧失后，机体内部生化过程紊乱而产生的一系列复杂的综合征。它不是一个独立的疾病，称为肾功能衰竭综合征或简称肾衰竭，是由于各种慢性肾脏疾病发展到后期，导致肾脏功能逐渐丧失的一种严重病征……"严重病征"四个字把任致月吓到了，她开始冒汗、心塞。网上的消息铺天盖地，并且有许多链接广告称能治疗尿毒症。

任致月认为，父母都是有文化的知识分子，他们应该会选择最适合的方式给阿婆治疗。这个夜晚，她在电脑前第一次通宵达旦，基本了解了尿毒症的前世今生。也是在这个晚上，她决定报考医学院，研究出一种特效药，治好阿婆的病。

她至爱的阿婆，答应过要等她大学毕业参加工作，要等她成家立业的。


　　任致月日记：高中毕业的这个暑假，是我人生中的一个大转折。第一次看见血液透析机，看到这么多人得尿毒症。阿婆，近距离看着您被病魔折磨，看着您日渐消瘦，脸上失去光华，我真的心如刀绞。原以为好好读书，考上理想的大学就能把您带在身边，可是您违约了。好想像奥特曼一样，手擒病魔。

# 4

高考一结束，任致月就嚷嚷着要回老家陪阿婆。别的同学此时都在计划着去哪儿玩，好好地来一次毕业旅游。

爸爸说："你至少得等高考成绩出来填好志愿吧？致月。爸爸妈妈知道你想念外婆，再坚持几天，不着急！"

任致月如何不着急，成绩出来后，如愿达到了医学院的录取分数线。她基本上没怎么考虑其他，直接填了北京、济南等几家有名的医科大学临床医学专业，并且表示不接受专业调剂。

班主任老师再一次被她的执着感动。

她买了最快的高铁回光明。仅仅是两三年时间，光明区发生了翻天覆地的变化。通了地铁，建了大学城，各个崭新的工业区，还有正在筹建的 S 实验室等等，无不让任致月耳目一新。

小时候阿婆经常带她来的菜园子没有了，变成了漂亮的公园。舅舅家与附近的民房全被征收，建了大型医院和学校。舅舅家住到了一个漂亮的小区，分配到了一百五十多平方米带电梯的楼房。

只是，任致月的阿婆，躺在阳光充足的新房子里奄奄一息。

才不到两年的时间，阿婆已经瘦成了皮包骨头。常年的透析，让她的双腿无力，只能依靠轮椅出门。

见到久未谋面的外孙女，阿婆眼神并没有想象中的激动，而是呆滞无力，半天才认出站在她面前这位亭亭玉立的姑娘，是自己从小带大的孩子。

任致月悲从心来，当场就泪水滂沱。她把阿婆从床上扶起来，原来小巧个子的阿婆，好像突然间长高了许多，变成了细细高高的一个人。任致月看到阿婆肿胀的四肢，皮包着骨头的身段，一时间竟然说不出话来。

这一次，阿婆不再掩饰她的感受。总是在任致月面前喊疼，问她哪儿疼，她这里指指，那里指指，一直要任致月手脚不停地抚摸。阿婆的睡眠也变得特别差，很难得连续睡几个小时。往往是任致月看着她困顿不堪，直打哈欠，把她扶到床上躺下，不到一个小时就要开始折腾了。一会儿说想坐起来，任致月只好把阿婆扶起来，用背靠着，让她坐一会儿。一会儿又说坐着难受，要下床走动。任致月只能费劲地把阿婆扶下床，几乎是扛住她一步步挪动。

由于长期透析，阿婆皮包着骨头的双腿，已经快失去意识了。

任致月这才理解舅舅悄悄跟她说的话，现在阿婆特别难照顾，护工都换了好几个。很多护工能够接受给行动不便的老人擦洗身体、喂饭、陪伴，但像外婆这种基本上难得停歇的老人极少。再说，整夜这么折腾，一会儿坐，一会儿走，没有谁能吃得消。

任致月还是个年轻人，连续两个晚上下来，她感觉浑身散了架，手脚酸痛，眼皮发胀，力不从心了。

只要有点空，她便开始在网上搜索尿毒症的治疗。但总的来说，除了换肾和做透析，目前找不到更好的治疗办法。换肾，难在找到合适配对的肾源，对于阿婆这种高龄的老人家来说，手术风险也太大。透析的话，只是临时解决问题。舅舅告诉过任致月，因为透析需要在手腕上的动脉和静脉上插粗粗的针。阿婆年岁大，血管脆弱，不但医生要小心翼翼，一周两次老人家也受不了。不久前，舅舅已经带阿婆做过一次手术，在胸口上方开刀插装一根管，接通动脉和静脉，这样才免除了每次扎针对身体的损害。任致月这才注意到阿婆大热天也穿着高领衣服，原来是担心自己的管子露在外头。

那天，任致月在微信上跟一个同学聊天，谈到阿婆的病。同学说，她大伯也是这个病，花了几十万换了一只肾，但一年多后，因为大伯不注意静养和饮食，新换的肾又坏了，最后失去了生命。

任致月最怕听到这样的消息。她只恨自己没有本事，找不到特效药来救她的阿婆，眼巴巴地看着阿婆这么遭罪。

## 5

"送我去医院打止痛针吧，我受不了啦！"那天，任致月刚服侍阿婆吃完上午的一顿药，突然听到阿婆说。

她赶紧安慰："阿婆，止痛针是要医生诊疗后开单才行的，哪能你想打就给打呀……"任致月知道，几天前舅舅送阿婆去做透析，医生见她喊浑身疼，经过检查后，就给开了点杜冷丁。也是奇怪，止疼针一打，阿婆难得睡了三个小时的好觉。但这个药不能经常打，会让病人产生依赖。

于是，任致月连忙跑过去，哄着阿婆说："来，阿婆，我帮你摸摸，按摩按摩手脚！"一般情况下，阿婆很喜欢别人的抚摸与按摩，可这一次任致月的办法失效了。

"我要去打针，我要去打针！"阿婆喃喃自语，不肯让任致月碰她。

"要打针也得等舅舅回来呀，你知道我不会开车。"任致月想拖延一下时间，说不定，过一会儿阿婆就没这么难受，没有这么强烈地想去打针。

任致月安抚了一阵阿婆，趁她闭眼养神，好像正要睡着的时候去了趟卫生间。等她从卫生间回来，发现阿婆和轮椅一块不见了。她立即跑去阿婆的房间里找，结果没人。再跑回客厅，才发现客厅的门敞开着，阿婆自己滑着轮椅走了。

任致月一边用手机通知舅舅迅速回家，自己则按了电梯下楼去找阿婆。

平时，阿婆出门都是有人跟着的，这次她一个人滑着轮椅坐电梯到了一楼，正往小区大门走。

任致月被阿婆的行为惊到了。她像是个暗中获得某种指令的人，正不顾一切去完成任务。任致月气喘吁吁赶上阿婆，她被小区门口的保安拦住了，正大声理论着。

"我就怎么不能出门了？我住在这里几年，是这里的业主！"

门口的保安大哥耐心地说："婆婆，我们不是不放您出去，是您这样出门很危险，得有家属陪同才行啊……"

"谢谢你们！陪同的家属在这呢！"任致月冲过去，向负责的保安大哥道了谢。

"阿婆，舅舅已经在开车回来的路上了，我们在门口等她一会儿。"任致月不敢再劝阿婆放弃去医院的打算，看她那坚定的态度，必定是身体很难受，非打针不可。他们如果不把老人家送过去，那是行不通的。

很快舅舅就开车来了。任致月帮舅舅把阿婆弄上车，再帮舅舅把阿婆的轮椅折叠好，放到车尾箱。

在医院做了好几年的透析，阿婆已经熟悉了肾内科的一切，刚把她扶到轮椅上，她便迫不及待地想要单独前往。还好任致月眼明手快，推着轮椅快步配合。

"婆婆，您昨天才做透析，怎么现在过来了？是不是搞错日期了？"一位值班护士问。

任致月注意到，肾内科所有需要做透析的病人，全用小牌子写着名字，挂在一张大大的表格上。哪些病人是一周两次的，哪些是一周三次，或者隔天一次的，一目了然。

她向护士说明了阿婆的情况，护士安慰婆婆说："李主任现在正在查房，您先稍等一小会儿，他过来给您开药。"护士给婆婆安排先在一间空床上躺着，让她舒服一些。一边当着他们的面，给主治医生打了电话。

过了一会儿，一位戴着眼镜的中年医生匆匆过来，跟舅舅打了招呼，任致月猜到，这位应该就是李主任。

"婆婆，您怎么现在跑来了呀？哪儿不舒服？"李主任拿着挂在脖子上的听诊器，认真给婆婆做了检查，并看了看阿婆浮肿的手脚。

"给我打止疼针吧，李医生，我太难受了！"阿婆不等站在边上的舅舅和任致月开口，主动哀求。

"好，没问题，我现在就给您开药哈，婆婆！"任致月没料到李主任如此爽快，心里有些不满。她很想李医生用专业的口吻，规劝婆婆忍一忍。

说完，李主任在处方单上写了一串字符，交代护士去取药给阿婆注射。

任致月是第一次来这间医院的肾内科。治疗病房，二十多台机器安静地转动着，各种姿势躺在病床上的患者，他们的血液被从身体里通过一根根橡胶管子抽出来，经过透析机的过滤，再从另一端返回病人的身体里。

任致月听舅舅说过，阿婆每周来透析两次，一次要四个小时。舅舅舅妈和家里的保姆轮流陪同。大多数病人都习惯了这个过程，任致月能够想象得到，平时阿婆做透析，大概也是跟这些人一样，躺着睡一觉。有些病人睡不着，便会寻找旁边床熟悉的面孔聊天。聊天的内容除了家长里短，重点就是尿毒症的治疗。

## 6

"我还是最佩服你，虽然身体欠佳，可真是找了个好老公哟！"阿婆躺在病床上短暂休息，一位脸色苍白正在做透析的中年男子，对对面床上的一位病友说。

"唉，我其实心里也不好过，拖累了他！"任致月多少听得出来，女病人口里说的那个"他"，指的是病友说的好老公。

阿婆听到了两位病友的对话，在她较为舒服的时间内，小声地给好奇的任致月讲了经常跟她同一班次做透析的一位病友的故事。

"这也是一个可怜的女人哟，二十多岁便查出了肾衰竭！当时，她的女儿才三岁。女人是在外打工认识现在丈夫的，生病后，一家三口回到了女人所在的老家光明。"阿婆透析的这几年，对这一家子了解还不少。"这个女人在医院透析了整整十年，老公也没法工作，全职陪护她和照顾女儿的生活，搭帮她找了个好男人，又是外地的，十来年不离不弃陪伴左右……"阿婆叹着气，自己病病歪歪，还在操心着病友的事。

"她老公全心陪护，那他们一家靠什么生存呀？吃老本吗？"任致月问到了最重要的问题。

"刚开始应该是吃老本吧，现在听说是这个女人娘家的兄弟姐妹赞助的，她在家最小，姐妹非常团结有爱心……"阿婆说起这些，眼睛里渐渐有了光，变回了任致月熟悉的阿婆。

任致月也被这个故事感动了。她认真算了下，不管女人一家三口的生活费，光是治疗费用每周两次，一个月最少要三千多块，十年光是透析就三十多万，这个数字可不是一般家庭能够承受的。要是没有这些友爱的兄弟姐妹们，这一家三口别说是治病，连生存都成问题呢。

"治病好算好吧，现在，我们这种买了居民医保的，透析也能报销70%。"两个人正聊着，一位十多岁穿着校服的小姑娘背着粉色书包走进了病房。"妈妈，你还要多久结束呀？"远远地就问躺在床上的女病人。

听到声音，女人摸索着坐了起来，把脸转向女儿过来的方向。

"阿婆，这个女人的眼睛是有问题的吗？"任致月忍不住好奇。

"哎呀，还不是十年的透析才瞎的，之前好着呢！你看看这孩子，听说刚做透析时才上幼儿园，这下都快初中了……"阿婆读书不多，这些年透析，也对这个尿毒症病人的症状发展，了解不少。"像我们这种病，好是好不了的啦，透析也只是延长生命，每次也会把血液里好的坏的细胞透析掉，最后引发糖尿病等多器官衰竭……"

"阿婆，你可不能这样说！现在医学越来越发达，除了换肾、透析，很快会有特效药研究出来的。你看，我也报考了医学院，我想读临床医学，专攻肾脏方面的问题……"任致月不想和阿婆聊悲伤的话题，赶快打断了她的话。

"你可得珍惜上大学的机会，好好读书，也要保重身体！你为了阿婆的病选择读医学院，我也听你爸妈说了，真是个孝顺的孩子！阿婆努力地活着，等着你学有所成的那天……"阿婆伸出手，拉住任致月又开始感慨。

任致月有种万箭穿心的感觉。看着从小为她遮风挡雨的阿婆，她明显与削瘦身材不相称、黑乎乎肿大的双手，既陌生又难过。

"你看看这个婆婆。"阿婆转过头，指着角落里躺着的一位老太太说，"她也蛮可怜的，老头子前不久去世了，儿子、媳妇都是尿毒症，虽然没她这么严重需要每周三次做透析，但也顾不上管她。"

"那她是一个人来医院做透析吗？"任致月看着病床上细瘦弯弓样躺着的人，满心同情。

"也不是一个人，儿子媳妇自顾不暇，给老太太请了个保姆。幸好他们家条件还好，不差钱。听说这个老太太隔三岔五就给保姆送金饰，有时候是戒指，有时是项链，孩子们也拿她没办法，她不是大方，是想保姆尽心尽力照料她呀……"阿婆说着病友们的一个个故事，任致月心中五味杂陈。

她连阿婆都帮不了，拿什么去普济天下尿毒症患者？

从这一刻起，她便留了个心眼。特意去文具店买了个绿色封面的厚笔记本，把阿婆了解到的病友情况一一记下来。既有病初期的表现，治疗时间，也有每个人的故事。

面对阿婆日渐枯槁的身体，任致月心急如焚。她总是想，要是能够有一种药，吃了就能让阿婆长出两个新肾脏出来，或者让她那坏掉不能正常工作的肾脏恢复健康就好了。

## 7

可这只是她的"非分之想"。整整半个月，任致月分担着护工的一些工作，整天整夜地陪着阿婆。睡眠严重不足，她感觉自己都要生病了。

恰在此时，爸爸打电话过来，说已经查到高考成绩，要她尽快赶回去填报志愿。

任致月把情况跟阿婆说了。阿婆泪眼婆娑，喃喃地说："见一面少一面，阿婆只怕等不到你大学毕业、成家的那一天了哟！"说完就用衣袖擦眼泪。

任致月安慰说："你只要听舅舅的话，多吃东西，配合医生治疗，肯定会慢慢好起来的，我有空就来看您！"

"月呀，阿婆也想坚持，只是这现实由不得人。我也是八十多岁的人了，相比其他人，老天爷让我活这么高寿，已经很眷顾了。只是现在得了这个病，生不如死，还连累你舅舅他们，作孽哟！"

任致月听着阿婆摇头叹气，实在不知道怎么安慰她。

她也知道，阿婆的情绪突然变差，跟她即将返城有关，但更多的是临床那个五十多岁的男人，做着做着透析，突然就走了。

"这个男的好可怜！有两个儿子三个女儿，刚进院里是因为尿血，以为是前列腺问题，结果发现是肾脏方面的问题。医生建议去大医院进一步检查，可这个男人坚决不肯。说儿子们都小，都在上着学。三个姐姐早早弃学打工，也赚不了多少钱，还要供弟弟们上学。他之前是靠在种田和闲时上山挖些葛根卖钱，这一病，不但自己赚不了钱，还得借钱治疗……"

任致月在笔记本上记下了这位患者的病情，心情无比沉重。

在医院，生死是常事。任致月不知道医生和护士是怎么做到见怪不怪的，起码到目前为止，她还不具备这么强大的心理。肾内科所有挂了红牌子的患者，隔一段时间就有一个人挂掉，说不受影响，肯定是假的。

任致月他们家的邻居刘爷爷和刘奶奶，从老家过来跟了儿子一起住后，就基本上不回老家了。她听刘爷爷的儿子有一次跟爸爸闲聊说："我几年前在家里修了栋小两层，原来是给父母养老的，结果，老爸和老妈说要跟我们在城里住。以前孩子小，老妈帮我们带孩子，一直说不习惯城里的拥挤，啥都要花钱。现在主动要跟我们生活，主要是不想看到邻居那些大叔大妈一个接一个地去世……大概，人老了都是很畏惧死亡的吧！"

生老病死，本来是人间常事。但现在人们的生活水平提高了，日子好过了，谁都想活得久一点，舒心一点。

相比起来，阿婆还算是身体好的。八十多岁身体各个器官也老化了，任致月是看不得阿婆遭罪。

离开前，任致月专门找了阿婆的主治医生，问是不是就这样治疗下去，会不会有其他的办法。

主治医生是舅舅的同学，他推了推架在鼻梁上的眼镜，告诉任致月："透析这是目前比较常用的办法，对于你阿婆这种做了埋管手术的人来说，痛苦也不大。能够坚持多久，要看病人的整体状况。你阿婆的情况也正常，现在最好是顺应老人家的意思，让她尽量过得舒服一些……"

阿婆这样子能舒服吗？任致月本来是想跟主治医生好好谈一下，看能不能有别的办法帮阿婆缓解痛苦，不要动不动就跑来打杜冷丁。看医生的样子，说了估计也没啥用。她想到阿婆挣扎着要去打止痛针的决绝，是十头牛也阻止不了的必须达成。

虽然阿婆从来没跟任致月说过生死，但能从她的心情转变，看出她对这个世界的不舍与挂碍。每次任致月安慰阿婆，说她已经报考了医科大学，会选肾病研究方向，这些对未来的设想，足以让阿婆呆滞的眼光变得灵活有光。

阿婆听不懂"研究方向"这些看起来高大上的字眼，但她能够明白外孙女的一片好心。

　　任致月日记：阿婆，有个消息要告诉你，我有男朋友啦！他是我的高中同学，追随我来到北京上大学，替代你无微不至地照顾和陪伴我。现在，他专攻信息技术，我学医，希望将来我们能够相辅相成，联合起来取长补短，实现我的梦想。

## 8

任致月拿到北京医科大学本博连读的录取通知书，也同时接到了阿婆的病危电话。电话是舅舅打给妈妈的，兄妹俩都在电话里哭，不用细听交谈的内容，任致月就知道，阿婆不行了。

本来，父母并不想带任致月回老家，跟阿婆做最后的告别。毕竟，上大学之前还有许多准备工作，还要参加几个玩得好的同学家的升学宴，何况她刚从老家回来没几天。

父亲本来安排了几个好友跟任致月的任课老师一块吃个"谢师饭"，接到这通电话，也只能更改计划。

跟刚高考完急切地想回老家陪阿婆的坚决一样，任致月没等母亲电话放下，就跑回房间开始收拾行李了。

其实，说是阿婆病危，这是舅舅比较保守的说法。实际上，那会儿阿婆已经去世，遗体都运送到殡仪馆去了。

任致月第一次体验到"奔丧"。父亲开车，母亲在副驾驶上默默流泪，任致月在后座抽泣难过。姐姐此时正在德国留学，父母没有通知她回来。

"你没有阿婆了！"脑海里有一个声音告诉她。

她根本没有想到，阿婆走得这么突然，这么快。这才离开几天呢，人就没了。

悲伤的气息弥漫在窄小的车厢里，父亲双目注视着前后，时不时腾出右手拍拍母亲的肩膀。任致月看到父亲透过后视镜，关注着她的一举一动。

如果说，之前的任致月是一名听话懂事的孩子，阿婆的去世，让她迅速成熟，变成了一个大人。

任致月和父母直接奔赴殡仪馆，阿婆安详地躺在水晶棺内，像是睡着了。妈妈趴在棺边放声大哭，舅舅顶着两个黑色的熊猫眼，正在招呼前来悼念的亲朋好友。

任致月并没有放声大哭，她只是陪在妈妈身边，任泪水不停地流淌。才几天时间，阿婆就跟她阴阳相隔，再也听不到她的呼唤了。

舅舅忙完，走过来拉住任致月和妈妈的手，把她们引到旁边的休息室。

"妈怎么走得这么急！病危你也不打电话给我，让我们跟她老人家告个别……"妈妈声音嘶哑，对舅舅颇有微词。

"我正要跟你们说这事儿，先坐下，给你们看个东西。"舅舅边说，边从口袋里掏出一个粉色封面的作业本。

任致月以为是阿婆留下的银行卡或者存折之类，没想到，是一封写在她作业本上的信。

平时，阿婆总说自己小时候家里穷，读书少，吃了没有文化的亏只能在农村生活一辈子。如果不是这封遗书，任致月还不知道阿婆其实是能写字的。

妈妈先拿过去，边看边流泪，最后有些泣不成声。然后把那本粉色的作业本递给了任致月。

任致月有片刻的诧异。心想，阿婆交代后事，应该是对她的两个孩子——舅舅和妈妈。没想到，信是写给任致月的：

　　月儿，我的好宝贝！这一次阿婆是熬不过去了，唯一的一次不能信守诺言，等到你学业有成。对不起！

　　阿婆这一生，没有做过什么惊天动地的大事，也没有积累什么财富留给你们。我就是一个平凡普通的农村老太太。在人生最后的阶段，得了尿毒症这个讨厌的病，自己痛苦，还连累家人受罪，想起来心里非常难受，却又无能为力。我是个最怕麻烦别人的人，没料想身不由己，还是麻烦了不少人。特别是你的舅舅和妈妈，还有你，让你担惊受怕，小小年纪面对和承受不该有的东西。

　　月儿，当听你妈妈告诉我，为了我的病，你临时决定上医科大学时，我特别感动，更是非常欣慰。我一手一脚带大的孩子，是个懂得知恩图报的人。这几天刚高考完，你就不顾一切跑回来陪我，细心照顾，从不嫌烦。

思来想去，没有任何有价值的东西留给你。你走后的这几天，我一直在考虑，把什么留给我最亲爱的外孙女才有意义呢？

最后，我决定捐献自己的遗体，供像你一样从事医疗事业的人做医学研究用。做出这个决定，我一身轻松。你舅舅一开始并不赞同我的意见，他说让我去陪你外公，按老家的风俗要"入土为安"。可他了解到这是我最后的遗言，同时又是供医学研究用，他用最短的时间帮我办妥了所有的手续。选择以这样的一种方式继续陪伴着你，我觉得是件很了不起的事情，你应该也是开心的吧。

月儿，阿婆希望你好好努力，为那些跟阿婆一样不幸的尿毒症患者，研究出最有效的治疗方法。

*爱你的阿婆*

看得出来，阿婆写这封信并不是一气呵成，墨水的颜色深深浅浅，还有一些晕染。现在这封饱含深情的遗书，又染上了舅舅、妈妈以及任致月星星点点的泪水。

任致月没想到，阿婆以这样的方式来助力她成长。

她拿着这个遗留在阿婆家的作业本，深深地向阿婆三鞠躬。

## 9

"任致月，我们今晚约了一起去烧烤，李牧野说有事找你……"刚办完阿婆的后事，任致月最要好的同学王秋秋就急吼吼的电话约她。

任致月心想，李牧野不会电话联系她吗？干吗要通过王秋秋来转达？她还没有从失去阿婆的悲伤中回过神来，整个人还处于混沌状态。

开学在即，许多同学都在搞毕业旅行，几个玩得来的约着，全国各地跑。有条件好些的同学，甚至出国游。任致月原来也是有计划出行的，阿婆病重接着去世，所有的外出全部取消。

"不想去，有什么事让李牧野在微信上说呀……"任致月说话有气无力。

"不行，我已经在你们家小区门口，快换了衣服出来吧！"任致月没想到王秋秋这么有心，还跑来小区找她，再拒绝，显得有些不近人情。

她只好找了件 T 恤，套上牛仔裤，随手绾了个丸子头就下了楼。

烧烤的地点其实就是李牧野家的顶楼。李牧野家是这个城市的原居民，房子应该是 80 年代初建的，两层半，有个小小的院子。

十几个同学正在烟熏火燎中忙碌，烤串、烤鸡翅、烤玉米、烤茄子……看来，同学们提前做了不少准备。

任致月很快加入了烧烤的队伍。她几次想问李牧野找她什么事，但他一直在忙碌着拿餐具，倒饮料，楼上楼下跑进跑出。

等食物烤得差不多了，同学们便把烤好的端到一张原木的长条桌子上。有同学提议说："有啤酒没有呀？我们喝点儿吧！"立即有人找出了箱子里的菠萝啤。

王秋秋抢过任致月正要倒椰汁的杯子，自作主张给她倒了满满的一大杯菠萝啤。"我们已经是成年人了，要学着喝点儿饮料之外的东西，闻闻，满满的菠萝香哟！"

任致月最喜欢菠萝的香气，王秋秋是很了解她的。因此，她接过满满的一杯菠萝啤，并没有拒绝。

"同学们，我有个消息要告诉大家！"烧烤吃到一半，李牧野突然站起身，举着满杯的菠萝啤，脸上洋溢着掩饰不住的喜悦。

"快说快说，等不及了！"同学七嘴八舌地嚷嚷着，所有的目光都转向李牧野。

"我收到北京大学信息管理与信息系统专业的录取通知书啦！可以跟任致月一块去北京上学了！"

"不可能吧，李牧野，你这家伙真是我们班冒出的黑马呀！你什么时候改报这个学校的？不是一直想去中国科技大学吗？"王秋秋指着李牧野，她的目光跟其他同学一样不敢相信。"哇，我知道了！我看你的醉翁之意不在酒，你是看任致月考到北京去了，故意追随的吧？"

王秋秋这个大嘴婆，口无遮拦，成功地把同学们集中在李牧野那儿的目光，转移到任致月那去了。

　　任致月前一分钟还在悄悄地开心，既是为李牧野，也是为自己，她终于在人生地不熟的北京，有一个认识的同班同学，并且他们关系还不错。

　　但这话被王秋秋挑明，说到"故意追随"又让她很不好意思。李牧野这小子，一直是家长们嘴里"别人家的孩子"，不但学习成绩优异，还热爱运动，他那一米八三玉树临风的高大身材，就是最好的说明。

　　此时，任致月只想有一块胶带，紧紧地把王秋秋的嘴给封上。同时暗暗祈祷，李牧野不要说出其他的话来，让她当众骑虎难下。

　　还好没有。李牧野只是立即接过话题说："不是你们想象的那样啊，是成绩出来填志愿的时候，我发现跟合肥这个城市比起来，首都北京更让人向往，所以就填了北京。当然啦，任致月去北京医科大学，我们有机会可以继续交流，我觉得也挺好的……"然后，他又一个个点着大家说："你们都给我注意点儿呀，任致月将来可是医生，咱们要是有个头疼脑热什么的，还不得巴结人家？"

　　同学们被他成功忽悠，纷纷点头说："也是哟！谁能确保一生不得病呢？任大夫可得手下留情，妙手回春呀……"

　　只有王秋秋还在纠结："呸呸呸！你们这些乌鸦嘴说啥呢？我相信致月虽然选择学医，但她从内心都希望我们都健健康康的，永远不要找她看病！当然啦，像某些别有用心的同学那样，约着吃吃饭，逛逛京城的风景名胜还是可以有的哦！"

　　任致月猜想，王秋秋不是看出来什么，就是知道些什么，莫非，李牧野跟她深聊过？

她暂时不想细究这些。

# 10

一转眼，开学季到了。任致月正准备提前订磁悬浮列车去北京，就收到李牧野的信息。说他计划买 8 月 20 日的火车卧铺票，邀请任致月一起北上。先去北京转悠两天，让任致月发身份证号码过去，他来订票。

任致月心想，这个同学有两小时能到超快的磁悬浮高铁不坐，非得选择慢悠悠的火车卧铺一整天，是想省钱吗？还没来得及问，李牧野好像猜到她会疑惑，主动解释说："我带你体验一次缓慢节奏的旅行，一定会有意想不到的收获，相信我！"

任致月想了下，这样也好，反正她也没什么着急的事情。家里待久了也无聊，除了那个照料她生活的机器人九九全天听从她的使唤，再没有其他人。

本来任致月还有点犹豫，要不要把机器人九九带到北京去，怎么带。结果爸爸就打消了她的顾虑，"月儿，我已经跟学校那边联系过了，现在的北京医科大学学生宿舍非常好，你们住的是两人间，有单独的卫生间、写字台、衣柜。中央空调，床上用品都是统一的。学校好几个食堂，各种口味的菜式都有，爱吃辣的有湘菜，喜欢面食的有各种包子馒头，爸爸准备把生活费一年一年地给你，不要亏待自己！"

妈妈在他们一家四人群里留了言："最近妈妈参与了一个科研

项目，没时间回来送你哦，记得开开心心地学习，随时在群里报
平安！"

姐姐难得说话，也破例跳出来说："任致月，德国的医院也很
不错哦，你好好学习，到时过来考察考察！"

任致月想起来，自从姐姐拿到留学通知书，她们已经很久没
有斗嘴了。妈妈说，姐妹俩是"前世的冤家"，一见面就要争吵。
小时候是为了玩具与争夺父母的爱，长大后是因为观念不一。

任致月看到李牧野主动帮她订票，顺手也就把身份证号码发
了过去。这些事情，本来是她自己可以搞定的，现在突然冒出来
一个人，主动说要代劳，她觉得没啥不好。这也免去了她去陌生
之地的担忧。

九年呢，她要在这个城市待这么久。如果按 100 岁算，也是
她人生十分之一的光阴。

两个年轻人在火车站相见了。想起来，她还是很小的时候坐
过火车。这是任致月第一次单独跟男生在一起，她不免有些拘谨。
李牧野倒是自在得很，看得出来，他在上车前做足了功课。薯片、
面包、酸奶，还买了切好的哈密瓜、葡萄和车厘子。

在此之前，任致月对身边一起生活的人，除了阿婆、父母和
姐姐，了解得并不多。

李牧野早已把他们的卧铺买在两个下铺的对面，他们可以在
卧铺车厢的过道里坐着，一路看风景，累了就回卧铺休息。在外
人看起来，男孩高大帅气，女孩柔美动人，他们就是年龄相当、
相貌相配的一对情侣。

而且，一路上李牧野对任致月关怀备至。一会儿递水，一会儿递水果，惹来旁人羡慕的眼光。

任致月其实想问李牧野，为何突然要去北京上大学。这个未解之谜，她又希望李牧野主动告诉她。

如果没有原因，这家伙不可能放弃自己一直心心念念想去的中国科技大学。

可是，旅途的几个小时，李牧野只是当着护花使者，并没有提到改志愿的事情。他不停地没话找话，讲了许多在学校的糗事，有趣的事儿，时不时逗得任致月忍俊不禁，哈哈大笑。

任致月心想，平时在学校只顾着学习，做不完的模拟题，没想到这家伙倒是轻轻松松考出了好成绩。

"李同学，你要把编程学好，到时我还会向你请教一些技术上的东西呢！"任致月决定，既然一起来北京上学了，不如把关系先巩固。她认为，破解尿毒症的治疗难题，必须要借助互联网技术。她太需要这方面的资源了。再一想，与其将来四处找人合作，还不如拉着面前这个送上门现成的呢。

李牧野显然是有备而来。"放心吧，小任同学，我一定在所不辞，鞍前马后随时听从召唤！"

聊到未来，任致月不知不觉便放松起来。一路上，有这样的一个同窗共读三年的高中同学，这种感觉有些奇妙和愉悦。

任致月慢慢谈笑自若，也就不去关注旁人的目光了。

# 11

　　刚上医学院，任致月被那些基础知识弄得比上高中还紧张。别人的大学都是放飞自我，除了正常的上课时间，有的是空余参加社会活动，做自己喜欢的事情。

　　她呢，不是上课，就是泡图书馆。业余时间全部用来查询与尿毒症相关的东西。手提电脑存档的，全是中医、西医，甚至是民间土办法对尿毒症治疗的各种方法。

　　相比起她的紧张状态，李牧野显然就轻松很多。他一进学校，便入选了学生会，当上了理事。整天组织各类文体活动，一会儿篮球赛，一会儿排球赛，还经常邀请任致月前来观战，当啦啦队队员。

　　任致月发现，她在不知不觉中被李牧野感染，改变。她慢慢觉得，这枯燥的学医之路，有了李牧野的陪伴，连枯燥的理论知识也变得有趣起来。

　　他会把任致月约出来，两人一起逛王府井，找好吃的东西，聊聊各自的近况。

　　其实，就当前的情况，他们完全可以实现足不出户享受各种美食。任致月他们学校已经使用无人机送餐服务，免去了快递小哥跑路的辛苦，并且速度的提升，也让餐食热辣滚烫，口感更好。

　　可李牧野不喜欢这样的用餐方式。他喜欢去餐厅用餐，并多次说毕业了有了房子要自己学做饭，"我觉得做菜除了加调味料，厨师的情感也会影响味道……"用他的话来说，这样多没仪式感呀，感觉就是在吃快餐。但如果我们一块去餐厅，或者吃自己做的饭菜，坐在舒适的环境中用餐，精致的餐具，色香味俱全的菜品……他在描述这些东西的时候，还故意咂巴着嘴，连任致月拒绝他上门邀约的理由都找不到。

而他们身边的一切，正在发生着翻天覆地的变化。

比如，那个周末，李牧野兴奋地把任致月约出来，说水滴一样无人驾驶的汽车已批量生产。他准备利用业余时间承接一些公司的编程业务，赚钱买一辆。"这种汽车可以在陆地上跑，遇到交通事故塞车，可以飞起来，开拓空中线路，缓解拥堵。另外，如果我们去海上玩，还能潜水呢！实在是太让人兴奋了！"李牧野对汽车的喜欢，远远超出任致月的想象。

任致月也不甘落后，跟李牧野普及了目前最先进的生殖技术。教授告诉他们，随着科学的发展，现代女人完全可以避免十月怀胎的辛苦和生育的痛苦，许多家庭已经尝试机器培植新生命，只须把精子和卵子取出来，结合成受精卵，放到机器人"肚子"中。然后按照比例每天定时输送营养，七个月后，一个新生命就诞生了。并且有一条龙服务，孩子出生后，在育婴机构，由机器人抚育长大……

任致月滔滔不绝，学医之后，她已经对人体的器官，比如"肛门"之类羞于出口的字眼见怪不怪，一个未婚姑娘，说起生孩子，也像是讲一件科学成果，不会脸红心跳。

倒是李牧野，先是无比认真地听着，后来就开始插话："跟机器人做饭无人机送餐一样，我个人认为，有些事情还是得人类自己来！比如生孩子这个事情，我觉得作为科学家或者医务工作者，应该往优生优育和减轻女人怀孕生育痛苦方面下功夫，而不是由机器人全权代替。若是这样子，那孩子算是人类的还是机器人的后代？"

任致月本来想反驳一下，说他"站着说话不腰疼"，反正孩子不用他来生。转念一想，她自己也只是道听途说，并无"实战经验"。谁料想，李牧野后面的话直接让她不知如何接续。

"不管怎么样，我反对让机器人代替人类生孩子！将来，我们的孩子一定得自己生，并且自己带！你看看你和我的成长，说起来是现代化，所有的家具可以声控，父母孩子一个月也见不着几次面。当然，可视电话能够解决沟通问题，但你们这样子的生活是你想要的吗？"

"你胡说什么呀！我们是同学，怎么会有孩子？简直是胡言乱语……"任致月发现，她真不该跟李牧野分享这个先进的生育案例。

"哎呀，致月，我可以肯定地告诉你，这些都是迟早的事情，等你学有所成，我就娶你做老婆！你难道没有发现我一直喜欢着你吗？"

任致月发现，她跟李牧野的交流，确实已经远远超过了自己的家人。只是，突然就挑破了这层纸，还是让她深感不安。虽然她在不知不觉中，慢慢地接受了李牧野。

"你不用想太多，将来的一切我自有安排！该有的仪式一个都不能少，我会把握节奏的……"李牧野简直是太会抓住机会表白心思了。

任致月不得不服。

　　任致月日记：虽然做了较长时间的心理建设，但学医路上的艰辛与枯燥，不是常人能懂。需要面对一些我平时想都不敢想的东西，去解剖动物的尸体，去学习枯燥的理论，还得把这些基础的材料写成程序，输入电脑，进行分析比对。阿婆，虽然您不在了，可我依然会坚持下去。您知道不知道，在没有您的这些日子里，我每天都很想您。

## 12

　　大三开始，学校终于开始分专业学习，也就是说，理论学得七七八八，他们得接触实务操作了。

　　第一堂解剖课，教授带他们来到实验室，三人一组，解剖一只兔子。任致月他们领到了一只小白兔。小兔子有着洁白的毛发，大红的眼睛。也许是猜到自己大限将至，小白兔蜷缩成一小团，在笼子里瑟瑟发抖。

　　看到小兔子的第一眼，任致月就联想到了小时候阿婆带她读过的儿歌："小白兔，白又白，两只耳朵竖起来。爱吃萝卜和青菜，蹦蹦跳跳真可爱！"此刻，脑海里的童谣已变成现实，可爱的小白兔近在眼前。

可是，她的心怎么这样慌，手怎么抖得跟小兔子一样？

教授也看出来同学们第一次上解剖课的紧张。先给他们每组发了硅胶做的兔子模具，让同学们先在模具上动手，先了解一下兔子的大概结构。

这个办法确实管用。任致月对模具的解剖并不害怕，但即使做好了充足的心理准备，她仍然不敢对可爱的小兔子动刀。

她灵机一动，悄悄跟旁边组的同学建议说："跟你们商量一个事，不如我们来做个试验，不仅仅是解剖小兔子，我们来把两只小兔子的某个器官互换一下怎么样？"

任致月的建议，获得了对方组员的同意。他们商量着要两只小兔子交换哪个器官。有人提议换心脏，被任致月否定。她认为心脏这是物体的发动机，不能轻易动。"把它们的肾脏互换一下怎么样？"

"也不是不可以……"同学们居然同意了任致月包含小心机的意见。她也知道自己有些急功近利，这么迫切想要参与到肾衰竭方面的研究。

但总比把一只活蹦乱跳的小兔子杀死要好吧，这是任致月他们两个组同学们的想法。

按照要求，两个组的成员先给兔子注射了一定剂量的麻醉药，然后剖开它的肚子。逐一认识了小兔子的内脏，各个器官之间的结构组合。其他组解剖完，就把兔子放到统一的容器里处理了。他们两个组向教授申请，要把小兔子留下来养着，看看下一步的反应。

"你们这种擅作主张的行为老师不赞同，但你们能够深入一步学习和试验的精神值得肯定！现在，心脏病、肾病、肺病、肝病等病人增多，病情越来越复杂，你们可以提前收集相关资料，多了解学习这方面的知识，多动脑！将来你们毕业了，不一定都做临床医生，也可以从事某一领域的研究！"教授对于保留小兔子的事情没有正面作答，倒是给出了一些建议和鼓励，让任致月豁然开朗。

当然，两只小兔子互换肾脏后，并没有活太久。因为他们是临时决定，没有提前做基因比对，做各种必需的检查。但这次试验也给了她不少信心，她只是尝试，小试牛刀。在她看来，真正要解决肾脏方面的问题，最好的办法不是目前的"换"，如果能长出一颗新的肾脏，或者有某种药物，能让坏掉的肾脏恢复功能，那才是任致月的终极目标。

万事开头难。解剖兔子的实操课之后，任致月对于动物解剖已经不排斥了。只是有时候跟李牧野去菜市场，看到那些鲜红的猪肉、牛肉，免不了会有些联想。出于职业习惯，她也只是心里想想，不能把这个感觉对别人说出来。

有一段时间，她几乎不敢吃任何肉类。搞得李牧野浮想联翩，以为她爱美减肥，这不吃那不吃，不是素汤面，就是菜粥。日子清汤寡水，她自己也有些撑不住。只好敷衍李牧野说："最近凉胃了，不能接触油腻等高脂食物，不然会引起呕吐，过段时间就好了……"

好在李牧野也没怎么在意，只是督促她一定要按时吃饭。

教授却告诉他们，现在的解剖学习只是入门，先了解动物个体的结构。接下来，他们就要面对人体操作。

"这些大体老师，离开这个世界后把自己的身体留下来供医学研究，非常不容易，让人敬佩。我希望大家带着问题参与学习，而不是为了完成任务去机械地操作……"教授说起这些神情非常严肃。

任致月想到她的阿婆，为了支持她学医，老人家做了捐献遗体的示范，引起了好一阵子热议。

想到阿婆，任致月任何苦都可以吃，再大的困难也会咬牙挺过。

## 13

那天，教授给他们讲了人工起搏器的事情。一直以来，心脏病患者的手术，是属于高精尖操作。教授的老师，一位德高望重的博导，带领他的学生，经过艰苦卓绝的奋斗，研究出了一种传导药剂。让心脏病患者能够通过这种药剂，排除差异反应，接受大猩猩的心脏移植。

任致月却在思考，既然连心脏这个重要的器官都能在不同物种之间进行移植，那其他动物的肾脏是否也能替代人类的呢？或者，能否利用干细胞，促使尿毒症患者坏掉的肾脏重新长出好细胞来，慢慢变得健康？又或者，能不能提取患者身上的健康肾脏细胞进行体外培养，重新培植出一个他们自己的新肾脏出来，再移植到患者身上取代坏掉的肾脏……

不得不说，为攻破肾衰竭这个难题，任致月有意让自己的思维放开。有时候，周末难得跟李牧野的约会，她也会把话题引到肾衰竭这个主题上。

李牧野有时候会笑话她走火入魔，有时候又极其认真地鼓励她说："你就顺应自己的内心去搞这方面的研究吧，不管如何，我都会尽最大的能力支持你！"然后建议说："其实你也可以考虑一下，可不可以借助信息技术，一方面获取世界上最先进的肾衰竭治疗方案，另一方面，等我来研究一下，能不能搞一个专门的医学软件，让你把相关的数据输进去，看看能不能运用算力技术，获得某些突破……"

李牧野的话让任致月茅塞顿开。在此之前，她只是一味地想着如何研发出某种药物，或者把干细胞技术拓宽运用到肾内科，也想到肾脏再生，就是没想过利用信息技术，借助算力这个东西来攻克难题。

这一次，她对李牧野的好感默默地加了好几分，她太需要这方面的支持了。

任致月在医学院九年的专业学习终于结束。在李牧野的大力帮助下，她算是学有所成，顺利拿到了博士毕业证，并且着重于肾衰竭方面的研究，在世界各大医学专刊上发表论文数篇。本来，美国一家科研机构在她毕业前悄悄伸过来橄榄枝，高薪聘请她去某实验室做研究员。

任致月想都没想就拒绝了。她清晰地知道自己的根在哪，她该往何处去。

因此，S实验室的医学实验室的录用通知一拿到手，她几乎没有怎么考虑就欣然应允。答应后才想起，这么大的事，她得跟李牧野商量一下。

李牧野早已是北京一诚信息技术开发公司的副总裁。他和几个同学创业成功，不但在北京买好了房子，还如愿开上了理想中的水滴一样的汽车。时不时拉着任致月上天入海，享受生活。

包括任致月同窗九年的同学在内，都认为她毕业会顺利留京，进科研所从事她喜欢的肾内科研究工作。至少，如果她想去当一名内科临床大夫，好几个一流的医科大学早就给她发了邀请函。然后与李牧野结婚生子，毕竟，李牧野从毕业创业到现在，痴心等了她五年。

"你是真的决定要回光明？那里的科学城正在建设之中，硬件基础远远没有北京成熟。并且，你还要重新组建科研团队，所有的一切都得从头开始……"李牧野倒是没有劝她留下来，只是问了几个现实问题。

"你现在都满27岁了，你曾经告诉我，女人的最佳生育年龄是25到30岁，那我俩啥时候能结婚，哪一天能有自己的孩子？"

任致月哪会不记得这些。别说是李牧野在意，父母都催促很多回了。每次过年家人团聚，总要问他们什么时候领证。李牧野总是替她挡住亲人们连珠炮式的轰炸："不急不急，我们都还年轻，至少得等致月博士毕业！"

现在博士毕业了，结婚的事情看来任致月还没放在日程上呢。这要回 S 实验室搞试验，不弄出点名堂来，想必结婚生子都免谈。

"李总裁，当初追我的时候，你可是拍着胸脯说，不管做出什么样的决定，你都无条件支持我的！现在，考验你的时候到了，赶紧与你们公司的股东商量下，跟我一起去光明奋斗吧，要不在那儿一个分公司？或者你直接来我们实验室，反正我们也需要信息技术人员……"任致月挽住李牧野的胳膊，摇晃着，是请求，也是拉拢。

"你的话有那么一点参考价值，我跟公司的兄弟们商量一下吧！只是希望你能够把握一下，努力做到事业家庭兼顾……"明明知道要做到"兼顾"非常难，李牧野还是想提醒一下。

## 14

任致月没想到，自己的一个小小举动，会引起这么大的轰动。

得知任致月即将前来 S 实验室，对接她的科学城开发署立即派出工作人员联络她。在最短的时间内，帮她安排好了两房一厅的人才房，带她参观了新的工作地点。

如果说，之前从电视、报刊等媒体上听说了 S 实验室的建设情况报道，真正身临其境，任致月还是大开眼界。

S 实验室，犹如一颗璀璨的明珠屹立在深圳的西北门户。既有世界一流科学城的担当，也有深圳北部中心的气派，跟任致月少年印象中的"光明"完全是两个概念。

当阳光洒落开来，任致月感受到她所处的科学城，整座城都被一层梦幻般的光辉所笼罩。宽阔而整洁的街道如银色的丝带般蜿蜒伸展，从空中眺望，与不远处的虹桥公园遥相响应。科学大道两旁矗立着造型奇特而充满科技感的建筑，外墙上闪烁着变幻莫测的光芒，仿佛在诉说着无尽的科技奥秘。特别是附近的科学公园犹如绿色的宝石点缀其间，繁茂的植被郁郁葱葱，五彩斑斓的花朵争奇斗艳，释放出沁人心脾的芬芳。清澈的溪流潺潺流淌，在阳光的照耀下泛起粼粼波光，如同跳跃的音符灵动而欢快。

孩子们可以在科学公园参加活动，通过做游戏、听讲座，参加科学实践等体验"科学"的魅力。

并且，随着一项项科技成果的面世，S实验室已经成为世界科技的核心。这座充满创新与希望的城市，正源源不断地吸引着全球最顶尖的科学家和研究团队入驻。

可以说，在绿荫笼罩的光明大地，科学城就是一颗耀眼的明珠，各项配套逐步齐全，如果不是阿婆，她也不一定能够找得到原来的记忆。

任致月他们的实验室，在S实验室的一栋大楼里。属于S实验室旗下，一个专门致力于肾衰竭治疗研究的实验室。任致月也是带着梦想和她的研究成果而来，虽然利用干细胞干扰肾衰竭治疗，目前还处于探索阶段。任致月认为有S实验室这么好的平台，她保证能尽快出科研成果。

这栋楼全是医学方面的实验室，有着最顶级的科学家和精英团队。任致月大致走了一圈，深切感受到这里的科学家正夜以继日地工作着，一项项科研成果，将由楼上生产车间的各类机器，制成试剂或者药片，消除某些疾病对人类的困扰。

年轻而才华横溢的任致月，对肾衰竭的研究充满了热情和执着。她坚信，在S实验室的先进技术和创新思维的引领下，他们一定能够攻克这个困扰人类多年的难题。

参观完工作地点，任致月立马把自己看到的跟远在北京的李牧野分享。"我今天去了工作单位走了下，非常好！如果当初决定来S实验室是一种情怀，但现在我可以肯定地告诉你，这儿肯定是我们创业和安居的乐土，李牧野，你尽快把北京的业务交接好，回来光明吧！S实验室有大把的业务等着你，这里太需要你这样的人了！"她又絮絮叨叨，跟李牧野说了科学城的配套设施，住房问题解决了，生活也特别便捷。重点介绍了工作地点旁边的科学园和从小学到大学的教育机构。

"来了，你会满意的！"任致月甚至觉得，仅仅半天时间的参观，她收获太大了，忍不住当起了S实验室的义务推介员。

"李牧野，你快回来看看吧！这才是你的家……"任致月最后这句话，终于让纠结犹疑的李牧野动心了。

"你的意思是说，我过来了咱俩就领证结婚，第一时间安下家来？"任致月对李牧野这种下台阶的表现习以为常。

"对对对，李先生，不但我们能在这安家，S实验室还配套有世界最先进最温馨的养老机构，你养老的地方我都帮你找好了！"任致月其实只是听科学城建筑工务署的同志提了嘴，说科学城还建有养老机构，如果任致月的父母或者家里其他老人想一起过来，都能很好地安排。

其实，她也提前安排好了她和李牧野的未来。比如单位安排住房，她就提出想要二房或者三房，会马上跟对象成家。

S 实验室有比较优厚的人才引进机制，对任致月这种小小的请求巴而不得。

任致月日记：一转眼，我已经是人们眼中的女科学家。虽然研究方向是尿毒症的治疗，但这些年的学习和经历让我明白，热爱是一切事物的开始，坚持和执着才能成功。阿婆，答应你的事，我基本做到了，过程无比曲折，结果还算满意。您放心，我还会在这条路上继续努力。

## 15

"肾脏作为人体重要的排泄和调节器官，其功能受损会引发一系列严重的健康问题，如毒素在体内蓄积、水电解质失衡、贫血等。目前的治疗方法主要包括透析和肾移植，但这些方法都存在着诸多局限性和不足……"任致月被邀请去中山大学附属第七医院（后文简称"中山七院"）讲课，分享研究成果，同时也是为了跟医院建立进一步的直接联系，寻找愿意参加新方式治疗的合作者，即试验对象。

"目前，我们团队所研究的方向，是基于对肾脏细胞再生机制的深入探索。经过一段时间的探索，我们发现，在人体中存在着一种特殊的干细胞，具有分化为肾脏细胞的潜能。通过特定的生物信号和基因调控，可以激活这些干细胞，促进它们增殖和分化，从而修复受损的肾脏组织。但这只是基于动物之间的试验，我们希望在这个办法推出之前，各位大夫能够推荐一些尿毒症患者，征得他们的同意后，签署相关协议，自愿参与新的治疗办法的试验。

没料到，直到讲座结束，也没有医生推荐参与试验的合适人员。

任致月跑去肾内科找周主任。

"现在中山七院的尿毒症患者减少了吗？周主任，怎么没有医生推荐患者给我们？讲真的，参与试验虽然有一定的风险，但安全系数还是在 85% 以上。效果不一定有预期的那么好，但也是毫无生命危险的……"

周主任五十多岁，清瘦，戴着厚实的眼镜。没等任致月说完，他立刻摆摆手说："据我们医院的记录，近年来尿毒症患者一直呈上升趋势。除了现代人生活不规律，喜欢熬夜，不注意顺应四季变化，暴饮暴食外，一些地方的大气污染、水质问题也是原因之一。家族遗传只是占了很少的一部分……"

任致月只想找一批参与试验的人，并不想听周主任跟她分析尿毒症的起因。"周主任，我还是想取得您的支持，找至少十个患者来参与这次新治疗方案的实践……"

周主任当然听懂了她的意思，有些不好意思地说："现在的人生活条件都好了，都想用最先进的办法治病，又不敢对新的治疗方法做尝试。我们再找找，宣传一下再对接你吧！别着急啊……"

任致月怎么不着急？为了这一天，她已经花了九年多的时间学习，就等着验证艰苦付出取得的研究成果。但现在也不好为难人家，只能装着没事样地应答说："好的好的！不管如何，非常感谢周主任的支持！有消息了您再联系我，谢谢！"

找不到试验对象，任致月有些闷闷不乐。连续的工作，也让她疲惫不堪，回到家灯也没开，躺在沙发上就睡着了。

直到李牧野进门开灯，看到沙发上睡着的人，以为她生病了。又是摸额头，又是叫她名字。

李牧野刚回 S 实验室安顿下来，也是忙得不可开交。"你怎么啦？吃晚饭了没？我给你带了你喜欢的肠仔包消夜！"

任致月有些感动，正好没吃晚饭，肚子也不争气地"咕咕"叫了几声。

吃完美味的肠仔包，任致月稍微缓和了一些。两个人端着茶杯，一起走到阳台上吹风。一轮圆月挂在天空，像一盏明亮的灯。任致月仰头望月，深深地吸了一口气。

"你有心事？"李牧野终于发现闷闷不乐正喝着茶的任致月。"是工作上遇到什么困难了吗？跟我说说！"

"你是我肚子里的蛔虫呀？这都看出来了？"任致月其实也不想把不好的情绪带回家。

李牧野戳着她的鼻子说："你是未来的科学家，医务工作者，能不能用个比较恰当的比喻？"

任致月想，说就说吧，也没什么大不了的。

"我们团队经过多次试验，发现在动物个体中存在着一种特殊的干细胞，具有分化为肾脏细胞的潜能。通过提炼，捕捉特定的生物信号和基因调控，可以激活这些干细胞，促进它们增殖和分化，从而修复受损的动物肾脏组织。但在人体身上还没有具体应用过。现在的问题是，办法有了，找不到合适的试验者，所以这项研究还处在验证阶段……"任致月尽可能把高深的专业知识说得通俗一些。

高智商的李牧野当然是听懂了。"说穿了就是缺少第一个吃螃蟹的人？我来想想办法！"他拍了拍任致月安慰说。

"办法总比困难多，你相信我。"说完回到房间打开电脑，通过大数据查找，很快找到十个愿意参与体验的尿毒症患者。

任致月让他建了微信群，并把自己拉了进去。同时通知助手，在最快的时间内为这些患者建档，安排进院治疗。自己则根据患者个体不同的症状，分别制定了详细的治疗方案，并报上级部门审批。

任致月还让李牧野继续通过大数据找第二批参与体验治疗的患者，她需要在治疗过程中不断改进方案，以寻求最好最有效的治疗效果。

## 16

只是，治疗的过程并没有她想象的这么顺利。

其中一个来自西北地区，名叫刘木根的患者，47 岁，尿毒症六年。据患者个人口述反映，他曾经吃过中药，信过迷信，用过土单方。最后实在扛不住才进医院治疗。从腹膜透析到血液透析，几年时间已经骨瘦如柴，双目无光。

但患者求生的欲望特别强，在网上看到李牧野组织的召集活动，立刻报了名。他把任致月当成了救命稻草。

任致月大概跟刘木根讲了治疗方案，他听都懒得听，有气无力地说："我相信专家的话，你们快点把我治好吧！我是一名考古学家，刚发现一个旧石器时代的遗址，我还有许多的事情要做，不能这么快离开人世……"

任致月从他的身上提取了干细胞，经过分化激活，再注入他的血液中。可是她发现，其他九位患者效果明显，有两位十多岁的孩子，已成功增殖和分化，他们坏掉的肾脏正在慢慢恢复，开始排毒工作。

而刘木根身上提取出来的干细胞却缺少活力，见效甚微。任致月和团队的科研工作者，不得不临时采取血液透析的方式，先排除其体内的毒素。

"你们这是什么专家团队呀！千里迢迢地把我们弄过来，说是体验最先进的尿毒症治疗方法，我看你们就是骗子公司吧！既然只能做血透，我们老家就可以做，何必拖家带口跑这么远？我还是千辛万苦请假出来的呢。我们不治了，你得赔偿我们的损失……"一位面目憔悴的中年妇女，冲正带着团队分析患者情况的任致月大声说。

医院保安人员从监控中看见争吵，迅速冲了过来。

"大姐，您不要这么激动，我们坐下来慢慢谈！您这么大声嚷嚷不但影响病人们休息和康复，也没有任何作用！如果您愿意跟您老公一样相信我们，我们会根据他的个体情况，不断调整治疗方案，努力助他康复！"任致月给保安使了眼色，让他们不要吓着病人和家属，然后把刘木根的太太请进了另外一个办公室。

好在刘木根对任致月团队的治疗依然抱有信心。当着老婆的面表态，愿意继续配合研发团队治疗，并且表明，不论治疗结果如何，都将后果自负。

任致月当场就被刘木根的言语感动了。同时又觉得自己这么多年的坚守意义非凡，哪怕只有一个患者愿意相信，毫无条件地相信她，她都是值得的。

经过一番耐心细致的解释，总算得到了刘太太的理解。只是，她希望任致月他们加快速度，说自家老公情况她还是清楚的，拖不起："我老公这一批在县城医院做透析的尿毒症患者，我听说最长时间是十一年的，多数人透析到第五年、第六年就不行了，我真的很担心他。看着他一天天地瘦下去，皮包着骨头，总担心他会突然离开……"

刘太太说着说着就哭起来了。

任致月何尝不知道这些？十年前在医院陪阿婆治疗，她就已经掌握到那时候透析超过十年的就是那个眼睛都瞎了的可怜女人。不只是患者，他们的研发团队，夜以继日，也是在跟时间赛跑。她带着整个团队都在竭尽全力，不敢有丝毫懈怠。

病人家属的信任，就是压在任致月他们肩上的责任，马虎不得。

她决定得继续借助大数据的算力，不断比对分析，看能不能利用外力，增强刘木根缺少活力的细胞活力。

"最近一段时间，你先放下自己的工作，全力帮我做两件事情。首先配合我利用信息技术，更进一步对刘木根的细胞进行分析检测，再细化细胞分解，看能不能增殖出多一些的健康肾细胞出来。另外，得辛苦你帮我请个人，最好是营养师，专门为刘木根提供营养用餐服务，他得从源头加强肌体活力……"任致月给李牧野打了个电话，发出了指令，也不管他是不是正忙自己的事情。

"天呐，任致月你不要这么霸道好不好，连我的工作都给安排上了啊，早知道……"话还没说完，那边的任致月就打断说："按我说的来，事成之后，我全力支持你的工作，一切都好说！"

放下电话，任致月又立即给舅舅打去电话，让他去当年阿婆治疗医院的肾内科，找一下那个眼睛瞎掉的女患者的联络方式。

"这怎么找呀，你阿婆都去世十年了，估计那人肯定不在了，况且，那个患者叫什么名字……"舅舅不是特别赞同任致月，有些勉为其难。

"不记得是姓汪还是王，舅舅，您反正退休在家没啥事，就帮我去打听一下呗！"任致月对舅舅撒着娇，逗得办公室其他团队成员捂着嘴笑。

"原来，咱们这位不苟言笑的任主任，也是会撒娇的！"

# 17

营养师给刘木根配餐后的第十五天，刘太太兴奋地走进了任致月的办公室。

"任主任，我们家老刘长胖了两斤，今早居然还自己去尿尿了，有尿了，有尿了！"对于普通人来说，再随便不过的小便，对于尿毒症患者来说，那是求而不得的事情。

任致月当然知道，近三年，刘木根基本上不用自己上厕所了。因为肾脏坏掉不工作，他完全靠透析除去体内多余的水分。

"好的，刘太太！这个消息真的是太让人振奋了。我们会对刘先生的指标进行一次全方位的检测，及时调整治疗方案，感谢你们的信任与配合……"任致月握着刘太太的手，两个人都笑得心无城府。

医院也不断传来好消息，康复较快的两个十多岁的孩子，经过几个月的干细胞干预治疗，肾功能慢慢恢复正常，已经完全不用进行透析。孩子们的康复，增加了其他患者的信心，他们更加认真配合治疗。

任致月也让营养师在给刘木根调整进食，增强营养的同时，把科学健康的营养餐，拓展到其他几位患者的身上。

"从刘木根的康复情况来看，说明我们原来制订的计划是周全有效的。尿毒症患者要恢复脏器功能，除了治疗坏掉的肾脏，让患者体质和免疫力增加，也是不可忽视的事情。"任致月在每周一的团队碰头会上，再一次强调了增强肌体免疫力的重要性，并请求周主任给中山七院的领导们建议，能不能把她请来的这位营养师留下来，在医院成立一个"营养科"，给所有生病患者提供统一的饮食标准。

这一次，周主任对任致月客气多了，答应马上去找医院领导，让他们尽快开会研究。

"小任，还有个事情想跟你商量一下……"周主任欲言又止。

"周主任，您有事就直说呗！"任致月有些奇怪。

"是这样子的，上次你说让我们找一些参与新治疗方案的患者，我一直没有回你。现在这个叫刘木根的人，只要有空就跟我们肾内科的患者分享你们团队的治疗，现场给患者展示他的变化。现在肾内科的患者一致向我提议，全部同意参与你们的项目试验，不知道你那边忙得过来不？同不同意他们参与？"周主任用渴望的眼神看着任致月。

"当然可以呀，周主任，简直是太好了！"任致月的回答让周主任眉开眼笑。

用成绩说话，是当年阿婆对任致月的要求。没想到，这句经典的话，在科研中也得到验证。

为了取得更好的治疗效果，任致月还认为，他们必须再研发出一种新型的生物材料，通过模拟肾脏细胞外基质的环境，为干细胞的生长和分化提供良好的支持。

从刘木根的治疗中，任致月体会到尿毒症患者个人的体质不一样，不能简单地采取同一种方式。经过试验，她发现，如果有某一种生物材料参与，将这种生物材料与激活的干细胞结合后，再植入肾衰竭患者的体内，应该能够有效地促进肾脏的再生和修复。

当然，这只是任致月的猜想。能不能从患者身上提炼出这种细胞，加入别的试剂变成自己需要的生物材料，还有待研究。

在经过了无数次的实验和临床试验后，任致月团队的治疗方法终于取得了突破性的进展。就是刘木根这位肾衰竭晚期的患者，在接受了任致月团队的一次次治疗后，肾脏功能竟然奇迹般地慢慢恢复了正常。

刘木根案例，给任致月他们的科研团队带来喜悦的同时，这个消息迅速传遍了全球。不光是中山七院迅速出名，成为国内治疗尿毒症的权威医院，"S 实验室"这个响当当的名字，也成了全世界瞩目的焦点。

任致月明白，目前的成功，只是万里长征的第一步。她的目标是完全消除尿毒症，让所有人不再遭受病痛的困扰，让"尿毒症"和"肾衰竭"这些名字退出人们的视野。

并且，任致月认为，治愈肾衰竭患者，只是医学行为的一种，能不能通过提取人类健康的细胞，让坏掉的器官再生，哪里坏了就换哪里，才是任致月追求的目标。

那天，科学城开发署的工作人员找到任致月，说要举办一场全球性的推介会，趁机打响 S 实验室的名片。任致月不想这么高调，问能不能让其他人去宣讲。

"任主任，您是当仁不让的人选啊！我们已经了解过了，你们当年毕业，是完全可以出国深造的，但你选择了留在中国，并来了刚刚起步的 S 实验室。您去现身说法，会吸引更多的年轻科学家来这里扎根……"

　　　任致月日记：从事科学研究，确实是件苦差事，还让我的男朋友李牧野放弃自己的事业，全程参与我的项目研究。阿婆，再悄悄地告诉您一个好消息，我怀孕了！宝宝已经九周，您要当太奶奶啦。我计划给自己放半个月的假，跟李牧野把婚事办了。

　　"李牧野，你近期能不能休个长点的假，陪我去德国走走，看看姐姐……"晚上任致月把这个想法告诉李牧野，他还不敢相信。

　　"你是认真的？"他盯着任致月问。

　　"我什么时候不认真？另外，你上次不是说等我们团队的肾衰竭研究告一段落就跟我领证，要办酒席，这些事情现在可以提上日程了！"任致月故意不一次性把话说完。

　　显然，李牧野被这意外的惊喜吓到了。

　　"天哪，致月，你终于同意嫁给我了！可是我还有好多事情要做，要去买求婚戒指，要布置新房，要策划新婚旅行，要……"李牧野掰着指头数着要做的"大事"。

　　"德国之行去看姐姐，就当是我们的蜜月旅行吧！另外，还有个劲爆的消息要告诉你，你要当爸爸啦！"任致月说完这话，幸福得哭了。

　　李牧野被她一连串的消息惊呆了，半天没有回过神。

　　"还有，咱们宝宝的名字我也想好了，就叫胜算！"

# 遗忘之河上的重逢

胡丽蓉

## 1

青葶伫立在老屋的门前，望着远山的夕阳洒落在无垠的田野间，心头惆怅万千。还记得那年初夏，日光明亮，风轻柔，外婆瘦小的身躯站在老屋门前，眼巴巴地望着门前那条坑洼小路，那是通往远方唯一的路口，也是她外孙女青葶回来的必经之路。

爸爸把青葶的小手交给外婆，外婆抚摸着她的头说："爸爸要去远方给葶娃买小猫呢。"青葶抬头望了望爸爸，又望了望外婆，身子缓缓挪到外婆身旁，用两只小手紧攥外婆粗糙的手，心头有种莫名的温暖。她一个字也没说，怔怔地望着爸爸头也不回地朝那条路走去，爸爸高大的背影越变越小，直到消失不见。那年，青葶3岁。

从此，青葶在这片土地上与外婆一起度过了她的童年。这里有苍翠的山，清粼粼的水，有棕褐的土壤，曲折的幽径，老屋门前还有一片清秀而挺拔的翠竹林。外婆的身影，如同院子里那棵柚子树，深深地扎根在她的灵魂深处。外婆教她生活技能，教她做人的道理。外婆常说，人性本善，要做一个诚实善良的孩子，要知足常乐，珍惜眼前。外婆没有念过书，但日常各种叮嘱和絮叨却成为青葶人生路上的指引。

在那些满天繁星的夜晚，她趴在外婆膝上数着飞舞的萤火虫，外婆一边用蒲扇给她驱赶蚊虫，一边给她讲古老而有趣的故事。

"外婆，天上真有牛郎织女吗？"她眨巴着眼睛，望着天上的星星喃喃自语。

"有，有，他们在天上做着神仙呢。"外婆笑着说。

"神仙是什么工作呀？"

"你这小脑袋瓜，打破砂锅问到底，还要问砂锅里装了多少米。"外婆轻轻点了点青葶的鼻尖，笑呵呵地回答她各种奇奇怪怪的问题。

外婆总是牵着青葶的小手，带她去田里干活。青葶任性调皮，总在田间捣乱，还老把自己弄得一身泥。外婆从不责骂，总是耐心教导。青葶经常随外婆去邻村吃酒，黄昏时出门，回家时已是伸手不见五指。在没有月亮的夜晚，外婆用竹条束成一捆，做一个长长的火把，青葶在这个火把的指引下，找到了回家的路，从童年到少年。

## 2

时光荏苒，白云苍狗。青葶渐渐长大，外婆的身体却渐不如前。她的背有些弯了，两鬓悄然添了几缕银丝，眼神也没有了昔日的光彩。青葶大二那年暑假回来看望外婆，她注意到外婆记忆力已不如以前了，向来仔细的外婆经常丢三落四，不是忘记关门关窗，就是出门忘带钥匙，炒菜经常放几次盐，或者重复询问同一个问题。每次青葶提醒外婆，外婆就自嘲"人真是老喽！"

青葶大学毕业参加工作后，外婆的情况变得严重了，已然发展到不知道用钥匙怎么开门，上厕所回来找不到卧室和床，出门找不着回家的路。更令她担忧的是外婆的精神状态也大有变化，外婆变得敏感多疑，烦躁沮丧，时而怀疑家里东西被偷，时而怀疑有人要害她……经过医生诊断，外婆患上了阿尔茨海默病，这种病最开始表现为记忆力减退，但还能保持日常生活能力。随着症状持续加重，病人认知功能进一步减退，将伴有失认、失语和失用等症状，病人的身体会逐渐衰弱，最后危及生命。

看着熟悉而又陌生的外婆，青葶心情无比沉重，她无法接受这个残酷的事实。她试图用各种方式唤起外婆的记忆，但很多时候，外婆都只是像个懵懂天真的孩子一样，茫然无措地看着她。直到有一天，外婆完全忘记了青葶的名字，青葶站在外婆面前外婆也不认得她了，任青葶怎么给外婆比画自己是她最疼爱的外孙女都无济于事。如今，在外婆眼里，她只是一个陌生人。

外婆再也不认识她了。那一刻，青葶的心如刀割。世上最残忍的分离，莫过于最亲的人忘了自己，这与生离又有什么分别？青葶回忆起外婆的点点滴滴，她想起外婆在田间劳作的身影，想起外婆为她做的那些美味小吃，外婆为她缝制的棉衣，外婆在寒冷的冬夜为她盖被子，外婆在她生病时彻夜难眠地守护……这些场景历历在目，却成了心头永远的回忆。这就是成长的代价吗？在得到一些东西的同时，注定要失去一些更加珍贵的东西。再也不想长大，再也不盼望新年。

## 3

外婆的病像一块巨石压在青葶的心头，她多么希望外婆能再次想起她，多么希望外婆再亲切地叫她一声"葶娃"。她不甘心，外婆抚养她长大，还没享到福就遭此厄运。她决定倾尽所能，帮助外婆找回失去的记忆，哪怕希望渺茫，她也要尽万般努力。

青葶开始翻阅大量的医学书籍，查阅各种关于阿尔茨海默病的资料，希望能够找到治疗这种病症的有效方法。每当夜深人静，青葶都会坐在书桌前，一边看着那些复杂的医学术语，一边思考如何将这些知识应用到外婆的治疗上。同时，她也积极与脑科专家取得联系，向他们咨询关于阿尔茨海默病的治疗建议。不仅通过电话、邮件、线上问诊与专家交流，还亲自前往医院和研究所，与医生、研究人员面对面地探讨。她渴望从他们那里得到更多关于治疗阿尔茨海默病的信息，希望能够为外婆找到一线希望。

然而，青葶也深知，治疗阿尔茨海默病并非一蹴而就的事情。

她需要更多的资源和支持，于是，她开始在网络上分享自己和外婆的故事。她通过文字、图片和视频，记录外婆的日常生活、病情变化和心路历程，以及她自己在寻找治疗方法的过程中付出的努力，遇到的困难和挑战。她希望这些故事能够引起更多人的关注，吸引专业人士为外婆提供帮助。

随着青葶在网络上分享的故事越来越多，她也开始收到来自四面八方网友的回应。有人留言鼓励，有人提供治疗信息和建议，有人分享自己照顾阿尔茨海默病患者的经验，有人推荐专业的医疗机构和医生。这些支持和鼓励让青葶内心倍感温暖，也让她更加坚定了为外婆寻找治疗方法的决心。

青葶的故事感动了无数网友，然而，现实却像一把锋利的刀，无情地切割着她的希望。尽管她查阅了无数的资料，咨询了无数的专家，但得到的答复都是残酷的：现有的药物和治疗方法只能暂时缓解阿尔茨海默病的症状，无法根治。外婆目前的情况仅靠药物治疗对病情帮助不大。

得知这一结果，青葶心如刀绞，但她并没有放弃。她明白，无论前方的路有多么艰难，她都不能让外婆独自面对这人生的至暗时刻。于是，她做出了一个惊人的决定：毅然辞职回乡，陪伴在外婆的身边。

回到家乡后，青葶的生活发生了翻天覆地的变化。她放弃了都市的繁华，开始通过写作和在网络平台售卖农产品来维持生计。虽然生活变得艰难了许多，但她的内心却感到前所未有的平静和满足。因为她知道，自己现在所做的一切都是为了外婆，相比外婆的养育之恩，自己做的这点事又算得了什么，外婆值得。

每天，青葶都会精心照顾外婆的饮食起居，陪外婆散步、聊天、回忆过往，讲一些外婆和外公年轻时的故事。青葶用自己的爱和耐心温暖着外婆的晚年生活，虽然外婆的病情并没有好转的迹象，但她的精神状态却明显得到了改善。

在这段日子，青葶也收获了许多的感动和支持。许多网友被她的孝心所感动，纷纷购买她的农产品，为她加油打气。这些支持和鼓励让青葶更加坚定了自己的信念：无论前方的路有多么艰难，她都要陪伴在外婆的身边，直到她生命的最后一刻。

青葶的守候与外婆的日渐衰老，构成了一幅温馨而又哀伤的画卷。

## 4

就在青葶感到绝望无助的时候，她收到了一封来自陌生人的邮件，邮件的署名是"李函"。

李函，一个来自 S 实验室的年轻科学家，专注于研究神经系统疾病。当他在网络上偶然间浏览到青葶和外婆的故事时，被青葶的善良和感恩深深打动。他看到了青葶对外婆无微不至的照顾，看到了青葶为了外婆能够康复而付出的努力和坚持，这种坚韧的精神让李函深受触动。

李函决定联系青葶，看看是否能用自己的专业知识为她提供一些帮助。他相信，科学的力量或许能够为老人家的病情带来转机。

青葶收到邮件后，心中充满了惊讶和期待。她没想到会有陌生人愿意伸出援手，更没想到这个陌生人还是一位科学家。她怀着忐忑的心情回复了邮件，向李函详细介绍了外婆的病情和治疗情况。

李函向青葶介绍了一种前沿的记忆治疗技术——"记忆回溯"，他告诉青葶这种技术有可能帮助青葶的外婆恢复记忆。这个项目通过精密的脑机接口技术，能够刺激大脑中的记忆区域，帮助患者找回失去的记忆。这个项目在深圳 S 实验室。

S 实验室，名如其地，光与科学的交汇点。那是一个高度发达的科技研发地，高楼大厦林立，人们乘坐着飞行器在空中穿梭，地面时有智能机器人与来人对话。青葶濒临绝望的心又重新燃起希望，她毫不犹豫地决定带着外婆参加这个项目。

踏入 S 实验室，眼前的一幕幕让青葶眼花缭乱，惊叹不已，仿佛置身于影视大片里的科幻画卷。自己是来到了外星吗？只见科技感的建筑群落拔地而起，它们仿佛是由光与影编织的梦境。奇形怪状的飞行器在空中穿梭，车辆在悬空的轨道上飞驰而过，仿佛时间都在这里加速。

尽管青葶早已听闻 S 实验室的盛况，但身历其境，还是令她瞠目结舌。S 实验室犹如一颗璀璨的明珠，镶嵌在时代的王冠上，熠熠生辉。晨曦初露，阳光如金色的绸带，轻轻洒落在这座充满智慧的城堡里。高楼大厦的玻璃幕墙，反射出万道光芒，仿佛整个城市都被点亮，闪烁着希望与梦想。

"嗨，你们好呀！欢迎来到 S 实验室！欢迎来到光科学！"迎面看到智能机器人穿梭其间，彬彬有礼地向他们问好。它们身穿亮丽的银色外衣，身形矫健，穿梭在人群与建筑之间，如同守护这座城的精灵。

青葶兴奋不已，拉着外婆的手，不停地向他们挥手："你们好呀！"

## 5

来到 S 实验室脑科学研究实验室，高精尖设备一应俱全，高分辨率显微镜，神经影像设备，脑电图，基因编辑工具，数据分析工具。这里会聚了全球顶尖的科研人才，他们为了探索人类大脑的奥秘而不懈努力。

科学家们首先对外婆的身体状况进行了全面的检查，确保外婆能够承受记忆回溯的过程。外婆虽然有些紧张，但在青葶的鼓励和科学家们的安慰下，她还是勇敢地接受了检查。一切准备就绪，科学家们开始将特制的头盔式设备连接到外婆的大脑，开始进行记忆重塑的尝试。这些设备能够精确地扫描和记录大脑中的神经活动，为后续的记忆重塑提供数据支持。

然而，治疗过程并不顺利。外婆的身体状况复杂，每一天都充满了挑战和不确定性，治疗进展非常缓慢。尽管如此，青葶从未放弃过希望。有青葶的陪伴和照顾，外婆也很配合治疗。青葶不仅照顾外婆生活起居，还时常陪伴外婆聊天，试图唤起她过去的记忆。

李函也为她们提供了很多帮助，不仅用他的专业知识和耐心，为外婆制定了一系列个性化的治疗方案，还深入研究阿尔茨海默病的医学文献，与科学家们交流讨论，希望能找到更有效的治疗方法。在生活上，李函对青葶和外婆也给予关心和照顾。在外婆的治疗过程中，他们共同面对困难，互相支持、鼓励。李函的才华和专业知识让青葶对他敬佩不已，而青葶的善良和坚韧也深深打动了李函。他们一起度过了许多艰难的时刻，也一起分享了许多温馨的瞬间。他就像青葶生命中的一道光，让青葶在面对困境时感到自己并不是在孤军奋战。她，外婆，李函，他们一起努力。

随着时间的推移，外婆的病情有了一定的改善。她虽然还不能认出青葶，但能够与他们进行简单的交流，这让青葶和李函感到无比的欣慰和知足。青葶和李函之间的默契和感情也日渐加深，青葶逐渐发现，李函不仅是一个才华横溢的科学家，更是一个值得信赖的朋友和依靠。

最后一轮实验准备环节，青葶决定陪着外婆一起参与"记忆回溯"项目体验。经过研究团队核准，科学家们对青葶进行了全方位的身体检查和心理评估。

随着设备连接到青葶的大脑，她感到一股微妙的电流缓缓穿过头皮，随后她进入了一种半梦半醒的状态。她看到了自己和外婆在稻田里劳作的场景，看到了她们在河边捉鱼的快乐时光，还看到了外婆给她讲故事的温馨画面。青葶的眼泪不由自主地流了下来，她多么希望外婆也能看到这些画面……

# 6

清晨的阳光透过老屋的窗棂，斑驳的光影在青葶的脸上跳跃。

"葶娃，葶娃，醒醒，今天是你的生日，起来吃长寿面喽！"外婆的声音像是一股清泉，在耳边轻轻响起。

"外婆……"青葶猛然起身，使劲揉了揉惺忪的双眼，看到外婆那慈祥的笑容和手中热气腾腾的鸡蛋面，一种久违的宁静与温暖涌上心头。

这一切，仿佛是一场梦，却又如此真实。

外婆就像从未生过病一样，精神矍铄，笑容满面，甚至清晰地记得她的生日。

青葶喜极而泣，脑海里那些与外婆共度的时光像电影般一一回放。她们一起在厨房里忙碌，外婆的手艺总是那么精湛。她们坐在门前的台阶上，外婆轻摇着蒲扇和她拉家常、聊未来。她们在田野里劳作，汗水洒满了土地，但脸上却洋溢着幸福的笑。那些欢声笑语再次回荡在乡间田野上，让青葶感觉仿佛时光倒流，回到了那个没有烦恼、没有忧愁的纯真年代。

如此美妙的一天，阳光明媚，微风轻拂。雾一早就散了，太阳一早就出来了，蜜蜂栖在油菜花上，小鸟歇在院子中央。对比过去和现在的自己，同为一人，她仍可以像只鸟儿一般坐在门前那棵柚子树上，仍然穿着外婆纳的千层底儿，青布裤的两条腿，悠在半空，头上两条羊角辫，晃过来，荡过去……

"叮——叮——现在时刻，10点整。"清脆的报时声打破了这份宁静，青葶看着外婆在花圃里劳作的身影，又抬头望了望墙上那只扇形的电子挂钟，LED 红色字体在阳光的照射下格外醒目，赫然显示着：2050 年 8 月 18 日。

# 七芒星

钱昱初

## 序章

*哪怕身死，地狱重逢，唐添。*

*你会寻得属于你的光芒。*

## 1

地球公历，2178 年。

窗外是灰蓝的天空，耸立的高楼拔地而起。忙碌的飞梭机穿过楼中为它专门设计的玻璃栈道，留下了一道残影。里边坐着的孩童贴着玻璃，睁着大眼好奇地看着从飞梭机顶部飞离的小快递机。

这群可爱的小机器人一个接一个将包裹送入客户的手中，顶上的小飞机"嗡嗡"作响。空中的浮空摄像头警察在飞来飞去地执行机车检查任务。方翎踩着虚拟的电子台阶从光明医院走了出来。

医院位于光明。

这是新兴世界科学城之一，强力的科学发展之地。近日正在策划两年一度的科学国际交流会，地址在梅坳方形科研馆。

电子医院使用的是高级模拟器 TI 中的 3D 投影方案，也是近来光明最骄傲的成果之一。方案使用了 3D Link 技术中的立体三维技术，采用立体图像数据格式，在图像帧间插入同步脉冲，只需利用 DMD 快速切换（120 赫兹），就能实现 3D 效果。DLP 芯片具有极快切换微镜的特点，能够使左眼和右眼同时呈现不同的图片，从而大脑形成具有 3D 的效果画面。

光明人才们在这个基础上，加入了 3D 色彩模块和承重模块，成本不高，又使得建筑可以随时随地变换不同的颜色。日常的普通载物台能承载 3 吨以上的重量。

如此魔幻的建筑方式，只需使用智脑。人们在智脑的操作板块构建大致体系，智脑就会进行自动优化，随后按下"投影"的按钮，就可以在现实中出现一栋理想房屋，收放自如。

当然，先得有建筑权才行。

"128，这几天有什么行程安排？"方翎问。

小助手"人造人 128"将行程单规划好，隔空投送到他的手环里，"近期有光明区的人造人技术交流会。"

## 2

"记录下来，爱沙尼亚时间明天凌晨3点的时候提醒白延。"

方翎和白延是在大雁山的山谷中遇见的，只不过当时白延在昏迷着，被方翎顺手带回了医院。

白延，是在光明医院中昏迷了近五年的一个病人，连最先进的连脑机也无法唤醒。

光看样貌看不出来，但他今年已经37岁了。身体素质与常人相比不同。时好时坏，仿佛体内有两个小人在作斗争。

白延是人造人，体内所拥有的人造人技术不是如今的技术能做到的。这就实现了人为干扰骨骼生长的想法，比如长出狼的爪子、游隼的翅膀……因为他也有一些关于这方面的知识也可以及时帮助方翎，所以方翎就将他收作自己的助手。

只是白延似乎也无法适应自己体内的强大基因，常常几个月就发烧、呕吐一次，无法借助药物进行治疗，对方翎多次委婉地提到的基因手术也是笑而了之。

而且他记忆有过断片了，连身份证和户口本都是方翎帮忙注册的。

作为在人造人技术方面颇有造诣的医生，方翎在第一届人造人技术交流会上就收到了邀请函。两年一届，今年是第四届了。

关于人造人手术，很多人都有打算去弄，因为可以增加寿命，还可以改变不良的基因。

说白了就是复制一个有异能的自己，等到去世后就可以用复制的自己继续活着。

方翎一览屏幕电子屏，慢慢滑过，他眯着眼，快速浏览，然后捏了捏鼻梁，关了投屏，工作了一夜的眼睛，布满了血丝。他很累了，钻进回途的飞梭机，按下自动驾驶键，根据他的思想要求，飞梭机智能地切换成了睡眠模式，车内一片昏暗。窗外橘黄色的灯光穿入车室。

飞梭机缓缓驶到白金道上，在助推器的作用下，以每秒167米的速度驶往住宅区。窗外的电子摩天大楼唰的一下变成了残影，即使不用开路灯，外面也是一片光明。这是光明最为繁荣的城市，拥有不夜城之名的凤凰城，但车水马龙只在大脑中形成模糊的影像后便一逝而过。

他不知不觉仰着头，沉重的睡意使他的眼皮眯成了一条细缝……

越来越多的飞梭机汇聚到主路，车上的车灯不断汇聚，在道路的尽头，成了一片光束，随后又消失不见。

路的尽头，那是回家的路。

到达目的地，方翎走下了飞梭机，路旁的草灯发着光。

草灯是科学家在普通的草里面改变DNA，加入萤火虫的基因。之所以叫电灯草，是因为它会发出柔和的白炽光。这项技术的应用不仅减少了钢铁的使用，还少了刺眼的灯光，特别的环保、节能。这项研究最早源于加利福尼亚大学生物系的研究人员在地球公历1983年提出的大胆的设想。

"叮。"手环响了一声，接着手环就像会按摩似的，不停地震动。

他打开手环，上面显示的是在爱沙尼亚的下属——白延。

爱沙尼亚人有宗教信仰，大多不吃牛肉，白延当时不知道，刚下机的时候正在吃牛肉干，被人追着打了一路。

"终于等到了，我等了三年了哎。要么就是在这进行指导人造人技术计划，要么是资料没有整理好，这次终于有机会了！"

"而且我在一个叫秦策的人那获得了一管为"ARP-2"的进阶人造人基因，据他说是他的大哥 Noah 制造出来的！"

## 3

新的一天来了，刚在家待了一个晚上的方翎先生，又收拾好行李，准备去梅坳进行医技交流会。

"老大，我到光年机场了，你还要多久？"爽朗的男声从终端里倾泻了出来，背景嘈杂得很，但欢快的声音压倒了一切呼号。

"等我半小时。"

顾名思义，光年机就是以光速穿梭在高空中，同地球上的高铁有些相似，光年机流线型的外形大大减少了阻力，且底部的高磁性磁铁有更好的吸附电磁轨的效果，不至于因速度过快而飘摇出去，同时也更安全，成了短途或赶时间的人们出行交通的不二选择。

深圳北转 S 实验室站点。

"如果不是您的资料上写着住宅地址，我真以为您要住在光年机上了，"售票机小姐同站在面前的白延说，"岂止至今不满一个月就坐了七次往返的光年机。您也太忙了吧？"

白延笑了笑，"你不懂，万恶的老板。"他说。

"是的，万恶的老板。"售票机切换了一个怒气冲冲的表情并附和。"对了，既然您是去光明区，是为了那件事吧？

白延好奇道："哪件事？"一个人的身影出现了。

"就是世界联盟长唐添失踪啊，像您这样联盟的在职人员应该是知道的，"售票机直说，却看白延身后的那人震了震，而后快步上前扳住了售票机的屏幕。

"你说什么？唐添怎么了？"是方翎。

## 4

上了光年机，即便方翎再急忙，也不能让光年机快上多少，他只好聊会天借以转移自己的注意力。

方翎对白延说："白延，你知道世界是如何形成的吗？"

白延昏迷许久，对政治了解不深，"不知道。"他玩着游戏，操控着小人，眼睛里是游戏特效。

方翎伸手遮住终端、不满地"啧"了声："听我说话。"

白延不情愿也只好放下终端，用漂亮的眼睛望向坐在内侧的方翎，忽瞥见窗外下方茂盛的树，无数在纳米轨道上穿梭的光年机，只留下残影，他片刻间想到了什么，却看见方翎那微皱的眉头，便自知理亏地暂停回忆，"说吧。"

"世界联盟已存在十七年，它有着文化、政治、军事、科技、安全、行业、人口七个方面的决定权力，而唐添则是联盟中的主心骨了。他平定了八年来的联盟内乱，以及十八年来的反对世界联盟且过激行为的组织掀起的大动乱。"

"而且他今年才 32 岁，是不是很厉害。"

"从冷兵器到热兵器再到虚拟却真实的电子兵器，是人类的进步。但共处再回野蛮的掠夺是人类思想的退化。"英特·刘如此道。

<h2 style="text-align:center">5</h2>

真的和平了吗？白延潜意识中断然否决，但这种念头转瞬即逝。自己的记忆都断片了，是真是假谁知道？

"别忘了我，Noah……"

"哥——你在哪！"

无数片段在脑海中涌起，刺痛后脑内一阵眩晕，脑袋好像被煮沸的开水烧伤了一般，在昏去之前，只听见方翎的喊声和自己的一点意识。

"该死，晕在了这个节骨眼上。"一道声音说。

与此同时，晚上 11:30，海上之城，世界联盟大楼。

"本就不该派小添出去！他可是联盟长！！"头发稀疏的老人挂着拐杖，用木杖重重地砸着地面，吵得面容通红。英特·刘，联盟的总督长，职责监督主副联盟长及秘书长。他的脸部肌肉松弛，一层一层地叠着，像一只年迈的沙皮狗，嘴抿成了一条直线，脾气一不好就用拐杖打人屁股。

这位大哥 Noah 带回来的俄罗斯智多星美男子，在岁月的沉淀下，浓密的头发被 32 岁的唐添气得是越来越少了。

外边的深色天空遥不可及，从会议室内两层楼高的落地窗向外看去，天空如缀满萤石的黑丝绒，贵而奢华，夜沉如水，与无际的海融为一体。

但没人有闲心去欣赏，不同意见的两方几乎要干架了，因为唐添的失踪。

"联盟长，就应要让世界稳定！去剿除剩余的异教徒才重要！"与英特·刘对立面的一位女士展开扇子，轻轻摇曳，她是一级督导，负责监督主副领事与主副执事。

"异教徒也是人！每个人的观点不同罢了！"

"那他们杀害的那些联盟成员又该怎么解释？！就该用核弹进行清洗。"

科罗拉莫秘书长懒惰地打了个哈欠后屈指敲了敲仿木桌子，众人都识趣地闭了嘴。

"我和副联盟长已经进行与各国的交流了，世界各国都出动了警力，但异教徒不仅切断了星际网络，还劫持了将登陆在 S 实验室的光年机航班 GN-LKST10977。"科罗拉莫扶了扶眼镜，眯着眼睛，扫视了在座的人们。随后呼了口气，微笑着。

"所以我们有权怀疑，唐添在那。"

"而且我们还找到了白荟·雅娜。"

桌沿两旁的人纷纷议论起来："他们怎么会在那里？"

七芒星

# 6

"他失踪了又与我何干？我们七个人在星际大战后就死的死、散的散，关于他我也只在几天前，大雁山上见到他。"白荟·雅娜毫不客气地白了他们一眼，她的脸上一条疤从鼻梁上划至脸颊，双手环抱，烫成大波浪卷的棕发垂至胸口，嚣张地跷起二郎腿。

问讯室里，两个警员互相对视了一眼，一脸疑惑地看着她："七个人？什么意思？"

2151年，世界贸易秩序混乱，出现大地区混战。

2156年，小国被吞噬，联盟组织出现。

2161年，混乱平定。

每个人记住的都是"大联盟长"唐添，却几乎没人知道他背后的那六个人。

世界联盟最初是由七人组成的：Noah、秦策、白荟·雅娜、唐添……他们来自各地，都是因梦想走到了一起的少男少女。

得到的结果却不让人如意。

大哥Noah失踪于大战决战前夕，生死不明。

六姐白荟·雅娜隐姓埋名。

其他三个人的名字已经无从知晓了。

记住他们的，居然是他们的敌人……


"即刻前往S实验室，不惜一切代价，使用宇宙军舰，带回唐添。"

"正在变化面容为'02 塔克雅璐'"电子女音带有电流杂音，在肮脏和安静的小巷里显得很突兀，站在改造光柱中的人赫然是白荟·雅娜。

从这个小巷出去，又是光鲜亮丽的人了。

7

铁锁哐当作响，随后是令人牙酸的打开铁门的尖锐声。

一个人跌跌撞撞地从全透明的实验舱中走出来，颤颤巍巍地扶着铁杆，冷汗不住地往下流，小声地口述电子报告：

地球公历 2060 年 6 月 3 日，极为糟糕的暴风雨天，湿度 78%。

预计共 28 次试验，第 27 次试验成功，该试验周期预计 8 天，实际 7 天，下次试验预定日期 6 月 7 日。

被试验者 Noah 目前脑供血不足，头晕伴随心率异常，虹膜色变。

上午 03:13:00，成功截取进阶 ARP-2 基因，耗时 2 天 34 分钟。

如果方翎在这，就会知道"ARP"是什么意思。

Artificial Man Plan · gene.

人造人计划·基因。

很多年前由唐添提出的设想，项目仍在进行。

第二十八次，也是至关重要的一次，只许成功不许失败，只要成功了，那大战便胜券在握。Noah 想。他冷汗直流，胸腔剧烈起伏，长发贴在两鬓，一只手紧握着衣领，紧紧地抓着铁杆，青筋暴起。手一滑，双膝直直跪在了木地板上，发出沉闷的声音。

只要白荟不闹事……他合上双眼。

"哥，你在吗，你已经一周没吃饭了。"秦策在门外"哐哐"敲门。"……你不回应的话我就进来了。"熔铁的红光从门缝里漏了出来，秦策小心翼翼地用热切机给门开了个方方正正的口子。

"出……出去，你又把门弄坏了！"Noah 的声音微微有些颤抖，不知道是试验造成的，还是怕被发现。"我……我吃了……呼……面包。"

他们六个人都不同意 Noah 在自己的身体上做试验，尤其是秦策和白荟。

切门的人顿了顿，迟疑道："你生病了。"紧接着快速钻进小屋，却看见 Noah 蜷缩在地上，虚弱地发着抖，眼底一片泪光；地上一片狼藉，注射器、碎玻璃散了一地，实验舱散发着荧光，"嘀嘀嘀""嗡嗡嗡"地发着响声。

"你又这样，说了多少次了，别用自己的身体做试验！"秦策握紧拳头，咬着下唇，随后下蹲将 Noah 打横抱起，不容他反抗。

在他昏过去之前，一个温温热热的东西贴了上来。

是毛巾。Noah 昏迷前最后的意识。

"我带你去医院。"

# 8

晨光从窗户洒了进来，明亮的病房一尘不染，连电子地板都能照出人像，屋外春意盎然。

Noah 看着窗外看得出神，白荟·雅娜敲了敲门，走了进来："大哥，你醒了。"

"春天要来了，大战结束后，你们就去旅游吧，去光明，那里一年四季都是阳光明媚，我想去看看那我从未见过的春暖花开。"

想了想，他又低下了头，苦笑了一番："可是我似乎看不到了。"他笑着盯着她的眼睛。

白荟·雅娜："……错，不是我，而是组织。我曾经反对你进行人造人试验这件事，就是想让你我双方少点障碍。结果你还是这样。"

白荟·雅娜是反组织的卧底。在联盟里，她叫塔克雅璐。

从 17 岁时就被 Noah "捡" 到了，带回了联盟，七个人生活在了一起。

直到反组织与其再次取得联系后，她思索了很久，才决定继续帮助反组织。

"哥！听雅娜姐说，你醒……人呢？"唐添兴冲冲地打开门，却发现空无一人。随后他发现病床上有两个箱子，一张白色的字条上写着："带走它，阿添。"

"一个给秦策，另一个你留着，免有外患。"

"为了这两支注射剂，为了联盟，你们，必须活下去。"

"代我向未来问好。"

"抱歉了，Noah。"白荟·雅娜双手插兜，面对面站着。

Noah 站在山崖边，垂下眼睫。

大雁在茂密的树上飞过，树影婆娑，背后是空谷。大雁山是深圳的第三高峰，环境优美，但白荟无暇欣赏。

倒是 Noah 还在微笑注视着在林间跳动的鸟儿，毫不畏惧。

"现在这环境是越来越好了，连鸟儿都不怕人了……听我一句劝，白荟，大战结束后，就把反组织给你的面容置换技术公之于众吧，说不定会有更好的路让你去走。"

白荟什么都没说，抬起手臂，手中突然多了把鸟铳，将树上的机械鸟打断。

"嘿，打鸟犯法的。"Noah 吹了声口哨。"气化钢吗，你们这么前沿？"

白荟沉默地走上前，沉默地将 Noah 直直推下山崖。既没有杀死家人的懊悔，也没有计划得逞的欢喜。

她就看着 Noah 直直地坠落下去。


他背对着崖底，视野逐渐变大，凛冽的风从耳边呼啸而过，头发朝上飞去，有几撮蒙住了自己的眼睛，强劲的风力让他觉得天灵盖都好像要被掀翻了，身体失重。

乌鸦叫喊飞过，他看见乌鸦的翅羽上泛着金光。背后不断有丛生的锋利枝条划过，温温热热的。

那是血，来自青年精悍有力的脊背。

此后，晕过去的他幸运地被树枝挂在了半空，然后巡逻机器人将他带回了附近的村庄，他就遇见了方翎。

# 9

中国，深圳，光明大雁山。

光年机里人群熙熙攘攘，毫无秩序，他们乘坐的光年机 GN-LKST10977 被拦截了下来。

"老子的会谈要开始了，少了那八千多亿你们负责吗？！"

"我妈要做手术了，她要见我啊！"

"我只是来参加交流会的，怎么就出意外了！"

…………

"抱歉先生，现在有特殊情况，请您谅解！"

"抱歉女士，现在有特殊情况，请您谅解！"空姐不能将反组织的事情告诉这群乘客，只能重复且无力地复述这句话。

方翎悄悄打开窗子，看见一群黑衣人围着光年机站着，为首的挟持着人。

方翎的瞳孔微微放大，因为被挟持的人是唐添。

机舱内很吵，他旁边的白延迷迷糊糊地睁开了双眼，活动了一下酸涩的骨头，仰了仰脖子，沙哑地问："到了吗？"又看见方翎怔怔地看着窗外，好奇地凑了过去："怎么了？老大？"

方翎不像是那种爱凑热闹的人，一旦他都在围观什么了，那就一定有大事了。

方翎拧紧了眉头，"是反组织，"白延看看他，又望向窗外，忽然被方翎重重地按下头，"低下！"

玻璃破碎的声音在耳边炸开，碎片划过了白延的脸颊，飙出了一行血线。但站在他们背后的人就没有这么好运气了。

"噗。"那个不幸的人脑门上被子弹开了个洞，然后直直地倒在地上，甚至还保留着刚刚那疑惑的表情。人群骤然安静了下来。

"他他他死了！"一个女人慌慌张张地指着倒在血泊中的男人，一脸不可置信，随后害怕地大喊："外面是反组织！我们死定了！"

人群重新恐慌了起来，刚刚下去谈判的机长已经死了，外面的扩音器一直在重复："请派出一名谈判员，请勿持任何武器。"没人敢下去。

白延起身，呼出了一口浊气，方翎却拉住他，紧紧抓住他的手腕，"别去。"白延却挣出他的手，"我要去，我的队员，我的弟弟，他在外面。"

方翎没反应过来，"什么？"

"我的名字是 Noah。"

Noah 这个只存在于唐添口中的前辈，竟活生生地站在他的面前。

眼前的人徐步走去，浅棕色的大衣摆动着，手提着手提移动冷冻箱。

他走得太快，以至于方翎没追上他。

他将进阶 ARP-2 基因带走了。

白延在转角处将进阶 ARP-2 基因注射进了静脉。

方翎追着他走到他身旁，看着他干干净净地一滴不落地将基因液注入静脉，一言不发。

"第二十八次试验，时隔十六年啊。"白延看着注射器里越来越少的液体，无奈地笑了笑。"居然是在这种时候……"

随后，白延将箱子与注射器还给他，"抱歉了，老大。"

方翎什么也没说，只是静静盯着他，随后垂下眼睫看着他，"你走了，我怎么办？没人帮我做试验了。"

"可是我也放不下我的弟弟……他可是联盟长，如果他死了，谁来给你发工资呢？"白延半开玩笑，又在方翎的肩窝上点了点，"要是你都没钱，怎么给我发工资？到时候我就跟人跳槽了。"

方翎瞬间面无表情："那你还是走吧，你都能跳悬崖，跳槽还不简单？"

"生气啦？"白延坏笑，"别担心，我在唐添那也存了一支 ARP-2，你和他说是我说的就行。"

随即他转身，方翎却拉住他的衣袖："你得回来，不然我就不给你发工资了。"

"我会的。"

## 10

唐添被挟持的时候什么也没想，因为自己的家人都走了，都没有什么牵挂了。

冰冷的刀片贴着温热的脖颈，只要动一下，就会有血丝渗出。双手被镣铐锁住，背在身后。

我赤裸裸地来到这世界，最后也将赤裸裸地回去吧。

绝望之际他看见了熟悉的瘦削的身影从楼梯上走了下来。苍白纤长的手指抓着扶手，一节一节踩着有节奏地下到地面。

他们很久都没见了，以至于唐添在瞥见他的那一刻都愣住了，嘴无意识地张了张。

"……哥……？你还活着？"

但白延听不见，他俩离得太远了。

白延双手插在大衣衣兜里，向他们走了过来，脸上带着熟悉的微笑。看着为首的人一身黑，黑口罩，黑风衣，黑皮靴，戴的帽子居然有两边的尖角，包得严严实实的，摇了摇脑袋示意属下搜身，那属下用金属探测仪对着麦格维仔仔细细地转了一圈，确认没问题后打了个手势退下了。

"Noah。"为首的那人竟直接叫出他的原名。

白延很意外："你认识我？"不过仔细地在脑海里复述了那句话后，俨然释怀，摊了摊手，微笑："还不改呢，之前都和你

说了要改改你的口音。白荟，我们七个人的口音就你有点偏 E 式，
"Noah" 你发 'e' 的音。"

为首的首领"白荟·雅娜"没有摘下兜帽，是一个装有平板
电脑的机器人，白荟·雅娜的脸出现在平板电脑上。

一瞬间白延冲上前，将手插入唐添与白荟持刀的手之间，用
力地一记刀手砍她的手腕，把唐添圈在臂弯里拉了过来，护在后
面，"远程控制吗？"白延新奇地点点头，两三个马仔警惕地抽出
枪械，黑洞洞的枪口指着白延，只要首领一声令下，面前这个放
肆的男人就会随时消失，化为一地的无机物。

"别那么冲动嘛，和和气气不好吗？嗯？"见来势汹汹，调解
无果，白延随即手用力张开，伴生在手骨的电子手刃，安在左右
手手背上，然后十指都长出了像狼一样锋利的指甲。

手刃——制造这种东西的矿物精铁在光明不多见，况且白延
给手刃花了点钱，托方翎弄了个屏蔽探测仪光网的附件。

"你快走。"白延没有回头。"镣铐能自行解决吗？"

唐添无奈，摇了摇头，"太小瞧我了。"就拿出了精铁手铐，
"接骨我是专业的。"他一根手指转着手铐，另一只手发送定位给
科罗拉莫。

"弄死他，把他的狼甲拿过来。"白荟看着白延，呼了一口气，
"抱歉大哥，为了我的组织，只能牺牲你了。"女人狠笑起来，眼
角剜了他一眼。

一个马仔冲上前摁住白延的手，刚要拧掉，他忽然咽喉一紧，
全身血液涌上头顶。白延一脚把他踹到他们组织运人的大巴上，

哐当几声重响，马仔被狠狠踹了出去，当空撞翻了几个兄弟，身体竟将车硬生生地撞出了个凹陷。

又抓住挥向自己的铁棍，向自己一扯，握棍的人登时失重前扑，锋利的指甲没入那人的脖颈被划了一指，接着也被当胸踹飞，后面的人还没来得及挥着刀冲上来，就被白延用铁棍横扫一扫，打得马仔措手不及，那旋风般的速度足以将人砸成肉泥。

"我是在基因上就已经进行改造了的人造人，他们这些小混混怎么可能打得过我？"白延极为无奈，但是他只能继续奉陪下去。

被白荟委以重任的那几个人怒骂一声，从后面冲过来抱住白延发狂地吼道："给我打，打死他！"白延在夹击中，一时甩不开他们几个人，胸前、大腿、小腿、手臂不知道挨了多少下，都说危机能使人爆发前所未有的力量，白延双脚腾空，破风旋飞了最前面的那个人，那人口腔喷血地摔在草丛里，紧接着就踹向另外一个人，用腿往他的脸上直直一按。

白延转头朝地上吐了口血，捻着飘起的衣角，撕下风衣衣角，擦了擦手刃。动作有条不紊，好像禁锢他的人不存在似的。

光年机上的乘客没有见过这么激烈的场面，他们都是在安全的生活中度过，并且长大的，看见这个场面也不知道该说什么好，全都目瞪口呆。

禁锢着白延的人力气很大，一直挣脱不开，只能咬紧牙关，咽喉中咽出铁锈味的甜味，这时在余光突然瞥见了雪光，一阵寒风直劈下来——砍刀。

在那危急时刻，白延知道自己躲不过去，便用柔韧性极强的双腿拴住禁锢住自己那人的小腿，随后一跪连带着把那人也一起拖了下来，"啊——"尖叫声在耳边炸开。

刀直直地砍在了那人的背上，皮肉绽开。

哐当一声响，天空上几个人，背着降落伞，在空中点掉了地上的几个反组织成员，双手抱头，在地面上翻了几个跟头然后快速站起身，天上红蓝光芒乍现，军用飞机由远迅速驶近，直接包围了整块地方。

为首的秘书长科罗拉莫跳下第一辆生化车，径直走向他们。

联盟部队终于赶到了。

<h1 style="text-align:center">11</h1>

那几个背着降落伞的机器人，扛着枪将周围的一圈人都击倒在地，剩下的人从军用生化车里纷纷跳出，将白荟包围。

"从我见到你的那一刻，我就应该知道你才是最危险那一个人。"科罗拉莫又转向唐添，远远地俯身示意："抱歉，是我们对危机应对规划不太充足，所以来晚了。"

接着，又对军士们说："不必持枪了，只剩她一个人了，没有什么事。"

军人们又有序地排着队来到光年机前，两三位进机舱内安抚群众，剩下的三三两两坐在地上戒备，一些人钻回了生化车内。

白延翻身推开背上已经噎气的人，撑起地站了起来，猛然间，他又发现白荟朝着唐添冲了过去，位置很巧，就在他们俩之前交谈的悬崖边上。

"应该是想抓住唐添后，将他一起拖下悬崖，所以她不是机器人。"

机器人都是模拟人类为目的而设计的人工智能，如果是布拉德利克系数为1以下的机器人，是被认为具有人类极端接近的思考能力。他们能跟人一样思考，即便不能称之为人，但是他们是有自己的想法的。

所有机器人的初始程序中带有"保护人类"的指令，所以'她'不会选择极端，即使它的主人让他去死，也应该会做出其他反应。

唐添不能死，他心里想，唐添是联盟长，他的用处大于自己。

如果不是被巡逻机器人背回村庄，在他坠下崖底那一刻，就应该要倒在那里了。

他早已是一个死人了。


唐添眼睁睁地看着白延在自己面前扯下伪造成机器人的白荟，然后因惯性在自己的面前拉着白荟一起消失在了他的面前，他红着眼冲了过去，想要顺手捞，却只碰到了衣角，只看见白延笑着，对着口形和他说：

"回家去吧，看终端。"

"不——哥——不——你别走——"从来没有人见过唐添如此失态，唐添双手交叉，抱着自己的双肩，直直跪在了地上，泣不成声又疯狂大喊。

但是空空荡荡的崖底中的快隐没的小黑点并没有回复他。

方翎跌跌撞撞地走到崖边，眼角边的泪水犹在，但他什么都没说，拍了拍唐添的肩膀，坐在他旁边。

正想和这位联盟创始人交流交流的科罗拉莫也睁大眼睛，不可置信地望着这一切——原来真的会有人牺牲自己，去换取光明。

真好啊，白延想，一切爱恨情仇都在这里消失吧，陪着我坠下崖底，坠进黑暗，一起消失不见，最后回到正轨。

一切遗憾都将随风而去。

恍惚间，他看见曾经的他，对着他的成员们说："我们每个人都会有光明的未来。"

"抱歉了，方翎。"

## 12

夜晚，逮捕了参与这件事的过激反组织教徒后，唐添坐着军方护送的光年机回来，他打开终端，白色的荧光照在他的脸上，上面是白延很久以前编辑下的字：

即便共赴地狱，吾儿，我们终将重逢。

—— Noah

编辑于地球公历 2060 年 6 月 2 日

地球公历 2156 年 1 月 7 日，光明梅坳方形科研馆旧址，地下 L78 层。

"要不要来读一下我们的宣言？我昨晚想了好久才想出来的。"Noah 问。

塔克维拉好奇地问；"哦，什么宣言？"

"未来的联盟宣言，跟着终端念就可以了。"

"你什么时候发过来的？哦，看我这笨样，隔空投送嘛。"陈凝笑着自问自答。

"那行，3、2、1，开始！"

吾等乃新世永续模块。

生命无终局，进程无终止。

唯民众为终极参数。

此即存在协议。

——世界联盟宣言

"我啊，希望以后世界上能人人平等，高楼林立，飞梭机、光年机什么的从空中穿过，丝毫不受影响，那个时候才是我们真正希望的时候，我们为之付出，而不感到遗憾的时候，真正光明的未来。"

"可是我们幸幸福福地一起活着，难道不好吗？"

"这个世界如今的模样是你们那个时候真正希望的模样啊，为什么不来一起看一看。"

"要抛下我一个人？那我是联盟长又如何。"

联盟公告：

即日起，联盟与反（即刻起改为"凡"）组织之间不再用武力交涉双方事务，双方将和平共处，互不干涉。

世界联盟：唐添　凡组织：Jimmy

地球公历 2178 年 6 月 1 日 13:13:00

联盟公告：

即日起，第一任联盟长唐添，因故辞去联盟长一职，此职暂由科罗拉莫（秘书长）与英特·刘（总督长）代任。

世界联盟启

地球公历 2178 年 1 月 7 日 13:15:00

联盟公告：

今天上午 03:13:00，世界联盟附属 SSS 级医师方翎，成功提取 ARP-2 基因组，据透露，协助者是联盟初创始人，该基因可实现"一针疗程"（即一针即可完成基因上人造人改造实验）。

论文链接：http：//1001!%fangbaisydd—#((&^%$（：{{

前联盟长唐添自传：《曾经一同寻找光明的人》，链接：http：//……"

世界联盟启

地球公历 2178 年 1 月 7 日 13:15:00

夜深了，方翎看着通信仪上与唐添的聊天，叹了口气，打了很多字，却又删删改改。

发完那条卸任公告，唐添对他说他打算去光明一趟，还问他，白延是否还会回来。

方翎盯着那条信息良久，最后回了句"不知道"。

也许是明天，也许永远都不会回来了。

他会长久地驻留在这片热土，等待着那人的归来，然后笑着和他说："基因针已经被我调试到 ARP-3 了，我赢了，前辈。"

这里是梦开始的地方。

# 最后一次对决

贺强松

## 1. 归国的博士

杰森，你真的要辞职？娜莎再次向我求证。

其实我早已向她确认和说明，我决心已下，去意已决，很快就要辞去现在的教授职位，回到我的祖国——中国了。

娜莎是我的助手，一位美国姑娘，30岁。她是我的同事和同行阿莱德教授推荐给我的优秀学生。娜莎研究生毕业后就做了我的助手，帮助我正在开展的一项研究工作，此时我正在研究"人类基因密码与疾病机理"这个项目。我和娜莎在一起工作了差不多三年，我已清楚地感觉到娜莎对我有"那种"意思，但我现在一是不想谈恋爱，我正从事的研究工作需要潜下心来，不想因恋爱而分担精力；二是觉得她还是"小孩子"，与我年龄差距太大，真的不适合。虽然我也才 122 岁，正值青春年华，正是谈恋爱的大好时节。

哎呀，我怎么一不小心就透露了自己的年龄呢？ 120 多岁怎么还是青春年华？我一拍脑袋，突然才想起年龄这事儿来。自从在 H 大学博士毕业后，我就留校长期从事研究工作，我都忘记了我多大了。不知不觉中，时光的年轮已悄然滑到公元 2124 年，没错，今年就是 2124 年了！今年 12 月 20 日，确实就是我的 122 岁生日了！当然，今天人类的平均寿命已达 200 岁，最长寿命纪录为 300 岁。我这 122 岁的年龄，当然正值青年，正是干事创业的黄金时期，今年还被 H 大学学术委员会评为"青年才俊"呢。其实在数年前，人类历史就迎来了新的转折点。在这些年里，人类破解了自身的部分基因密码，初步掌握了癌症、艾滋等部分重大病症的产生根源，研究出这类以往被称为"绝症"的多个重大疾病的防治技术，很多折腾人的基础性慢病症也通过基因密码破译技术逐渐被人们认识到其致病机理，从而有针对性地进行防治，使人们的生活质量和寿命大大提高。当然，研究这些重大技术的科学家名单中也有我杰森的名字，我在这些研究领域也取得了不少个人和团队成果。

我的同事和学生天天"杰森、杰森"地叫我，但"杰森"其实只是我数年前为适应英语交流的环境而取的英文名字。我作为土生土长的中国人，当然有中文名字，我名叫贺正光。你可别笑话我，这个名字虽然听起来土里土气，但它是我父母给我取的，对于我而言具有深意，让我一直牢记我的"根"在哪里。"贺"，是我继承父亲的姓，这自不必多说；"正"谐音"圳"，代表深圳；光，代表光明区。意思就是我的出生地在中国深圳市的光明区。我 2024 年刚满 22 岁，本科毕业于中山大学深圳光明校区，随后到美国 H 大学进修，主攻基因生物学，获博士学位。再后来就是留校工作至今，不知不觉中，在美国工作生活已整整一百年了。

我要辞职回中国的消息不胫而走。美国这地方"狗仔队"多，各种大报小报记者天天追着要采访我，当然我都是避之不见的，我都让助手娜莎去安排应对。我又不是娱乐明星，哪有时间去接受这些乱七八糟的采访？但毕竟我是知名科学家，能够让媒体蹭热点、蹭流量，所以他们才天花乱坠地报道，这种不良的社会风气一百多年来基本没有改变。

其实对于我而言，我要回到我的祖国效力，再正常不过了。尽管我在美国工作生活了一百余年，但我的故乡情结、爱国情怀一直存在于我的内心深处。现在祖国召唤我，我也学有所成、研有所果，要回到我的故乡去工作生活，这是自然而然的事情。

更重要的是，祖国这些年来生物科学技术突飞猛进，特别是我故乡深圳的 S 实验室，创建历史已逾百年，已经建成世界一流科学城，聚集了来自世界各大名校的科研人才，这些年来科研成果频出，学术氛围浓厚，多项重大成果全球瞩目。我当然希望在这样的环境中工作，让我有充分展示才华的舞台。这次我回归祖国，正是在中国有关部门的召唤和协调下，前往深圳 S 实验室某研发中心工作。我特别想和国内的同胞们一起工作，想他们叫我的本名"贺正光",而不是像娜莎那样"杰森、杰森"地称呼我。

但这些无聊的媒体总想挖点"花边新闻",添油加醋地"报道"杰森博士是因为与同事不和,无法再待下去才想到回中国;甚至还说杰森博士在中国早就有老婆,与娜莎却发生不正当关系,想"逃"回国内甩了她……如此等等,我都懒得理会他们。

## 2. 惬意的生活

刚踏入 S 实验室的那一刻,我感受到了一股令人振奋的活力。我的家乡已经今非昔比,不但城市建设突飞猛进,城市中心的高楼大厦矗立在蔚蓝的天空下,更重要的是透露着现代科技的气息,我心中充满了对未来的期待。

S 实验室,我回来了!

单位为我提供了良好的工作和生活环境,让我消除后顾之忧,能够全身心地投入工作。但让我更满意的是这里的科技氛围,使我的下一步研究工作如虎添翼。

回国后的第一件事,就是与我即将加入的国内科研团队的成员们见面。他们在光明大酒楼里设宴为我接风洗尘,还特意点了光明的招牌菜品——光明乳鸽,热忱欢迎我回到家乡。这些国内的科学家,其实我们在网络上时不时有过交流,但因远隔重洋,一百年来我与他们几乎都没见过面。这次相聚,大家热泪横流,与我紧紧相拥。都说,你终于回来了,我们这一批生物学领域的中国籍专家,终于在 S 实验室聚齐了。

第一次在 S 实验室参加的学术活动，是一场在 S 实验室举办的国际生物学会议。我被邀请作主题演讲，分享我在生物基因领域的最新研究成果。登上讲台时，一种无比自豪和兴奋的情绪涌上心头。我用简洁而生动的语言，向与会者介绍了我在海外的研究情况，并展望了未来在 S 实验室的发展计划。观众们聚精会神地听着，我能感受到他们对于科学的热情与好奇。

活动结束后，我随同科学家们参观 S 实验室的核心研发中心，目的也是让我尽快熟悉这里的环境。我和光明的科学家们交流着想法，探讨着各种科学问题。他们对我的研究充满了兴趣，我也从他们身上学到了很多新的知识。虽然此前我在美国工作时，对 S 实验室也有些了解，也与这里的国内科学家有过交流合作，但现在才算真正了解 S 实验室的飞速发展历程。

早在 2025 年，S 实验室就已初步形成世界级科学城的核心功能，重大科技基础设施集群初具雏形，国际一流大学如中山大学、深圳理工大学，和国际一流科研机构如深圳湾实验室，全部建成，并成长出一批具有国际竞争力的创新型科技企业。在 2035 年的时候，S 实验室就建成了国际化的综合性国家科学中心核心承载区，形成学科与功能布局合理、性能水平全球领先的重大科技基础设施集群，培育出一大批引领世界发展的新兴产业集群。到了 2050 年，全面建成了具有全球影响力的科学中心，持续产出大量前瞻性基础研究和引领性原创性成果。如今已是 2124 年，S 实验室已经成为新一轮国际科技产业革命的策源地，是中国作为世界科技强国的重要引擎。S 实验室的发展可以说是人类科技史上的一个奇迹，引领着全球科学技术阔步前行。

我决定继续开展"人类基因密码与疾病机理"项目研究，当然，团队成员与我展开了紧密合作，我们共同探索人类基因与生命的秘密，努力为人类进一步提高生活质量、延长寿命做出更多贡献。

在接下来的几个月里，我全身心地投入了工作。白天我与团队成员一起进行试验，晚上则是漫长的数据分析和理论探讨。科学研究的道路并不总是一帆风顺，我们遇到了很多挑战，面临着来自全球同行的竞争和批评，也经历了无数次试验失败和思维僵局。但正是这些困难让我变得更加坚强和成熟，让我意识到科学的魅力就在于不断探索和挑战自我。

努力终于得到回报，不久我们便取得了一些重要突破。

两年后，团队成员和我一起，成功地破译了人类基因中与"三高"等慢性疾病相关的关键基因序列，揭示了这些疾病形成的深层机制。同时，通过深入研究，我们发现了一种新型基因编辑技术，可以准确地修复这些致病基因，并将其应用于体外和体内实验中，初步取得了令人振奋的效果。经过反复验证和临床试验，我们成功地开发出了一种新型的、可以推广的基因治疗方案，能够有效防治"三高"等慢性疾病，并在实践中取得了惊人的疗效。

这项突破性的发现引起了全球医学界的震动，我和团队的新成果再次在学术界拔得头筹。这项研究成果将为人类健康和生命的未来带来希望，我也因此感到无比的骄傲和满足。

回顾两年来在 S 实验室的工作，我深知自己的每一步成长都离不开团队的支持和合作，也得益于这里良好学术氛围的熏陶。在这里，我找到了一个真正属于我的家园，一个可以实现科学梦想的乐园。我在心里暗下决心，将继续努力不懈，为科学事业贡献自己的力量，让 S 实验室成为全球科技创新的永续引领者。

有人说，当找到了自己愿意为之奋斗一生的事业之时，工作就是生活。我在 S 实验室的工作顺心如意，也在这里惬意地生活着。

## 3. 惊天的秘密

这几天，发生在美国的一些新闻引起了我的关注。

上周六晚上，位于马萨诸塞州剑桥市中心的高科技研究所遭到入侵，所有的监控系统被破坏，重要的研究资料被盗走。警方通过卫星监测记录发现，入侵者竟然是一位年轻貌美的女子。要知道，这所高科技研究所是美国著名的科技研究中心，拥有全球知名的生物实验室，保存有许多重要研究资料。相应地，这里的安保系统采用了最新的科研技术，防护达到 AAAAA 级水平，说它是铜墙铁壁也不为过。按理说，未经授权，哪怕是一只苍蝇也飞不进去。可是这名女子却避开了重重防护，安保系统像是失灵了一般，并没有因为这名女子的进入而触发警报，致使她如入无人之境进入了研究所，为所欲为地实施了犯罪活动。当然，安保系统还是留下了这名女子的容貌，可让人苦恼的是，那只是一张

"大众美女脸"，也就是可以在网上找到相同特征的 AI 脸，却在全球人脸系统库中找不到真实的人。这名女子太会伪装了，警方猜测她制作了一张 AI 仿真面具而实施了犯罪活动。

女子入侵加兹登高科技研究所事件震惊了全美国。警方随即展开了大规模的追捕行动，但这名女子似乎拥有超高的智力和能力，多次追捕她总能轻松逃脱，她能轻松混入人群中消失得无影无踪，又会时不时出现在某个地方，而且她还具备极高的黑客技术，几次入侵和破坏警方的追踪系统，使其大摇大摆在街上行走，警方却无法及时追踪到。马萨诸塞警方在追捕过程中损失惨重，多名警员在高速驱车追捕过程中受伤，甚至有两名高级探员在乘坐直升机拦截女子的过程中，不幸撞上小山包造成坠机爆炸而牺牲。

这周，这名神秘女子的犯罪活动越发猖獗，社会安全受到了严重威胁。她不仅盗取了大量机密信息，还通过网络攻击导致美国多个城市的电力系统使其瘫痪。还扬言，如果警方不停止对她的追捕，她还将搞更多破坏。她真是说到做到，就在昨天，她通过控制交通系统制造了一场大规模的交通事故，导致数十人死亡和数辆汽车损毁，使路面交通停摆十多个小时。据悉，这名女子还入侵银行系统，窃取大量资金，用于支持她的进一步行动。

警方尝试了各种方法试图抓捕这名神秘女子，包括利用顶尖的黑客技术追踪她的网络活动，使用高科技电子武器对付她，但都以失败告终。这名女子的智慧和能力让她总能在关键时刻逃脱，甚至反过来利用警方的行动来达到自己的目的。

我非常担心事件向更恶劣的方向发展，因为毕竟我在美国生活了一百年，那里是我的第二故乡，我还牵挂着我的一些朋友，比如我的前助手娜莎，我真的担心她的安危。就在这时，我家客厅智慧屏突然亮出蓝色信号，显示有一条来自大洋彼岸的电话。我说声：接通！房间音响系统便传出一阵急促的声音：杰森先生、杰森先生，我是阿莱德，我需要您的帮助，请求您帮帮我，帮帮我！

原来是我的前同事阿莱德，前面已经提到过，他和我的经历相似，从 H 大学毕业后留校从事研究工作。只是他是土生土长的美国人，从事的研究方面虽然是人类基因方向，但因为基于专利保护的原因，有些研究细目我并不知情。当然，我自己研究的则是探索人类基因与疾病的关系，力求找到根除人类多发重大疾病的方法，并已取得了不错的成果。

我说，你有什么事，快说吧，我尽力帮你。

阿莱德说，杰森先生，那就太好了。你应该知道神秘女子事件吧，我为这事而来！

我急忙说，刚刚从新闻上看到，怎么啦，我能帮什么忙？对了，我的助手娜莎现在还好吗？

阿莱德教授顿了顿，说，杰森先生，真的对不起，我只有把真相告诉你，这名神秘女子其实就是你的前助手娜莎，所以我才要你的帮助。

娜莎就是这名神秘女子？她会犯罪？她跟了我三年，一直都是一个安分守己的好女孩，也是我的好助手，怎么就与犯罪扯上关系呢？我赶紧跟娜莎电话联系，但电话已无法打通。看来她真是遇上什么事了。

阿莱德说，这都是我的错，对不起，杰森先生，是我错了；娜莎是我利用人类基因技术研制的仿生机器人，她本是我有意放到您身边做试验的，目的就是训练、验证仿生机器人的学习能力。但她的智商、能力慢慢超过了人类……我一时疏忽，她竟然摆脱了我的控制，给人类社会造成了很大的危害，现在只有你能帮助我，帮助人类免受灾难。

这真是一个惊天的秘密，我的前助手娜莎原来就不是真的人类？我一下子头都大了。我和娜莎一起工作期间，都没有看出来她与我们人类有何差异。原来，阿莱德教授通过已经破译的人类基因技术，提取出人类智慧因子来制作仿生机器人，所以机器人娜莎与我们人类的相似度极高，而且很多能力均强于人类。我说，当初我真是自作多情了，还以为娜莎爱上了我，一个机器人怎么会和人类谈恋爱呢？

阿莱德立即说，不，娜莎还真的想和你谈恋爱！但她的真实目的是想和你结合，生出更多仿生机器人，以达到挤占人类生存空间，最后控制人类的目的，只是当时她没暴露出来而已。

我惊出一身冷汗。但娜莎的真正危险还是阿莱德教授接下来说的这些。

阿莱德教授未曾预料到他的杰作会成为灾难的源头。娜莎的智商越来越高，而且拥有比人类更高的能力，比如比人类更抗饥饿，一次性补充聚合能量后，可以在数十年内不吃不喝，也可以像中国传说中的神兽貔貅一样不用排泄，仍能保持正常生命状态。同时，她比人类行动更加灵活，视力超过老鹰，反应速度超过猫科动物，等等。起初，阿莱德觉得没有什么，因为毕竟研制的目的就是要这类仿生机器人的能力在人类的能力之上，以便利用其来做人类办不到的事。但不幸的是，娜莎自我觉察到是被阿莱德教授在系统后台控制着之后，就萌生了要摆脱人类控制的想法。于是，在她当我助手期间就偷偷窃取了我研究出的重大基因成果，然后用于自身能力的提升，所以现在才成功摆脱了阿莱德教授的控制。娜莎在摆脱人类控制后，产生了对人类的报复心理，于是才搞出了那些犯罪活动。

我真的是非常生气。虽然我和阿莱德教授都是人类基因密码课题组的一员，并且还共同出了一些科研成果。但后来我们分组研究，分别带一个课题分支。我主要是基于已有成果，进一步研究根除长期困扰人类各类基础疾病的方法，这跟我的国内同行的研究方向基本一致。而阿莱德这个家伙，竟然用人类破译的基因密码，去偷偷研制仿生机器人！这本来就是全球学术界共同严格禁止的。在学术领域我们有不成文的约定，人类的基因密码对人类自身的生存极为重要，除用于疾病防治外，不允许从事其他方向研究，尤其是不能用于研制仿生机器人，否则将会带来伦理等各种问题，甚至对人类带来巨大灾难。

阿莱德苦苦哀求，杰森先生，我知道自己错了，我愿意对我的过错接受任何惩罚。但当前最紧要的，是要控制住娜莎，否则人类将要遭大难啊！

# 4. 空前的合作

在娜莎的威胁日益升级的情况下，阿莱德教授秘密把他研制仿生机器人的事全盘向美国政府进行了报告。美国政府意识到问题的严重性，他们高层领导人清楚单靠自身的力量无法解决问题，于是决定向中国的科学家寻求帮助。因为中国在基因工程和人工智能领域都有着深厚的研究基础。上面说过，特别是在我们深圳，S实验室已经享誉世界，近一百年间产出了多项重大研究成果，特别是在生物医药领域对人类的发展做出了积极贡献，其生物实验室已成为具有全球第一的全产业链新药研发平台。或许可以通过中国成熟的基因工程和生物技术，破除娜莎所复制的人类生物信息，进而被人类重新控制住，解决这次危机。

就在阿莱德教授与我通电话后不久，我就接到单位的通知，我们S实验室基因团队立即召开紧急视频工作会议。原来，为了全人类的前途命运，我国已同意为解决仿生机器人"娜莎"灾难事故，与美国开展合作，为其提供相应的技术支持。这个重大任务就由我们S实验室某研发中心来承接。会议很简短，领导就说了两点：一是这项任务是国家安排给我们科学城的重大任务，关系到人类的前途命运，大家必须高度重视，只许成功、不许失败；二是任命贺正光博士为课题组负责人。这一是基于我是这个领域的顶级科学家，拥有多项研发成果，二是基于仿生机器人娜莎曾是我的助手，对她的性格最为了解，其复制的人类基因技术也主要包含了我的研究成果，便于我找到破解方法。

接到这项重大任务，我立即从 S 实验室的专家团队中挑选出一支由五人组建的强悍科研团队，迅速展开研究工作。我的这个五人团队可真不简单，除我之外，他们均是 S 实验室生物实验室成员，个个都是生物学领域的世界著名科学家，都在量子生物、基因生物等领域有重大成果，为人类根除疾病、延长寿命做出了积极贡献。我就先来简单介绍一下另外四名成员的情况。

林明山博士，代表性研究成果为揭示出新冠病毒感染机制和在不同疾病发病阶段机体免疫反应特点；陈泽才博士，代表性成果为发现自闭症的神经生物学机制；王凯中博士，量子生物学课题组成员，在蛋白质调控机制方面有突出贡献；张宏基博士，揭示出多癌种内髓系细胞特征，为靶向不同癌种内髓系细胞的免疫治疗提供了重要依据。虽然他们没有向研制仿生机器人方面发展，但因熟知人类生物学机理，可以协助我分析娜莎所复制的人类智慧因子，进而找到应对之法。

当然，美国那边也以阿莱德教授为主要负责人，组建了一支专家团队，与我们团队通过视频系统随时开展紧密合作。我们的工作重点，是通过分析娜莎的基因代码，试图找到她的弱点。进而重新对其控制，避免她生出事端，同时为人类服务。

这是一场没有硝烟的战斗。尽管我们与娜莎是进行技术对决，进而想方设法控制对方，但这关系人类的前途命运，我们人类没有退路，因此激烈程度根本不亚于此前人类相互之间真枪实弹的战斗。

## 5. 激烈的对决

为了确保成功，由我带领的中国团队与阿莱德教授带领的美国团队 24 小时开着视频系统，实时交流研究进展和经验，共同制定最佳的解决方案。在这个过程中，我们不仅要面对技术上的挑战，还要克服心理上的压力。经过数月的艰苦努力，中美两国科技团队终于发现了娜莎基因编码中的一个关键漏洞。娜莎虽然在阿莱德教授制作的基础上，复制了由杰森教授分解出的人类智慧因子（即我在美国工作期间的研究成果之一），变成了超过人类的智慧物种，但当时杰森教授在解析智慧因子时，并没有做到100%，所以留存在系统库中的数据并不完全，娜莎偷偷复制的人类基因数据存在重大漏洞。

这一发现为我们提供了一个突破口：可以通过这些数据漏洞开展反编译基因技术，只要对娜莎的基因进行重新编组，就可以重新控制她的行为。但这个过程既复杂又危险，一旦失败，娜莎可能会变得更加不可控。然而，没有其他选择，我们只能决定冒险一试。

这个过程代价并不小。在研究过程中，我们两国科研团队成员全部在封闭的环境中秘密开展工作，一是免受外界环境打扰；二是避免打草惊蛇，让娜莎提前知晓而防备。

前方，警方正与娜莎斗智斗勇，他们用尽各种方法与娜莎周旋，尽量不激怒她又让她少惹事端，为我们科研团队争取更多的时间。后方，我们科研团队正在紧张地进行成千上万次试验，苦、累、压力自不必说。但我们深知,我们正在为人类的未来而战斗,万万不能退缩,从未轻言放弃。

经过反复试验和调整,中美两国团队终于成功修改了娜莎的基因编码。我们重新激活了娜莎的控制程序,使她的行动重新受到人类的指挥。阿莱德教授亲自操控着控制系统,娜莎立即就有了对应的反应。在我们的指令下,娜莎恢复了温柔善良的品性,不再狂躁,并迅速停止了所有的违法行为,再次成为一个听从命令的仿生机器人,成为人类的便捷工具。

2126 年 5 月 1 日,国际劳动节这天。全球各大新闻媒体均报道了仿生机器人娜莎事件的来由,以及被成功重新控制的消息。有媒体称,这次成功,不仅标志着中美两国科技团队的胜利,更是人类在人工智能、生物科学领域的一次重大突破,为防范人工智能可能带来的灾难提供了前车之鉴。我和我的团队成员终于长长地舒了一口气,我们的研发成果拯救了人类,辛苦的劳动付出是值得的,这下可以放心地过个劳动节了。

# 6. 深刻的反思

这次成功让人类更加深刻地认识到,人工智能的发展必须受到严格的控制,必须确保人工智能的发展不会威胁人类的生存。阿莱德教授为了彻底反思自己的过错、救赎自己曾经给人类带来的灾难,决定将这次研究仿生机器人的过程公之于众,包括娜莎失控的种种细节都公布了出来,让更多的人了解人工智能的潜在风险，并呼吁国际社会共同加强对人工智能的监管。这一事件很快引起了全球的关注，各国政府、科技企业和研究机构纷纷开始重新审视人工智能的发展方向和安全监管。

在这个过程中，中美两国的科技团队再次展现出了前所未有的合作精神。作为著名科学家，我也行动起来，和阿莱德教授共同发表了关于人工智能安全性和伦理性的研究报告，呼吁国际社会制定人工智能的发展规范和监管机制。这些努力，将为全球人工智能的健康发展提供宝贵的经验。

在中美两国的影响下，各国政府和国际组织开始制定相关的法律法规，加强对人工智能的研发和应用的监管。科技企业和研究机构也在自律，主动承担起社会责任，确保人工智能的发展不会偏离正确的轨道。

我拿起当天的一份《世界日报》，只见一篇评论文章写道：

> 娜莎的成功控制成为人工智能历史上的一个重要里程碑。它不仅证明了人类有能力控制和利用人工智能，还提醒了人类必须谨慎对待人工智能的发展。在未来的道路上，人类需要继续努力，确保人工智能能够为人类带来利益，而不是威胁。我们希望这次人类与仿生机器人的对决是第一次，也是最后一次。

读着这段话，我陷入了沉思。

# 编后记

远　人

　　编完这部小说集，我内心一时难以平静。

　　我看过不少科幻电影，也偶然读过一些科幻小说。那些作品很少给我留下什么印象，原因很简单，我自己的写作秉承现实的原则，因为我们的生活都是在完全的现实之中，所谓科幻——尤其电影，我总以为是给人打发时间的一种调剂品。当然我也体会到，科幻电影和科幻文学作品，都给人脑洞大开之感。这使我无端有些羡慕，那些编剧和作家与众不同的想象力究竟从何而来，以至能虚构出一个与现实相隔无穷远的世界。

　　我甚至没有意识到，那些科幻作家唤起的，是我对自己的认识的欠缺。

　　如果说，我以前看过和读过的那些科幻作品，来自我并不认识的作家之手，还多少能冲淡我对自己的欠缺认识之外，那么这部由光明区委宣传部、光明区文联、光明区作协联合策划的小说集，就使我直观地面对自己的这种欠缺了，因为入选这部小说集的作家们都是来自深圳市光明区的作家。我一直自信对他们的写作了如指掌，但我一篇篇读完这些小说后，一种惊诧感还是使我猛然发觉，我对自己身边的作家们也很难说了解——唯有不了解，我才能体会一个人能成为一个作家的隐秘内心。你永远不知道他们内心在与现实的接触中，能迸发出怎样的想象；你永远不知道他们在面对写作这一古老的行业时，有着怎样创新求变的渴望。同时我还体会到，生活需要想象，写作需要想象，没有哪个作家会局限于完全的现实。如果真是那样，就只能说这个作家无法看到更高远的天空，也无法进入更深远的写作。

所以我特别意外，也特别振奋的是，在我身边，就活跃着这样一些作家，他们与你在普通的生活中交集，但他们脑中闪现的，是超越生活的非凡画面，是超越现实的写作冲动。作为小说的一种题材，科幻小说在近些年的蓬勃发展有目共睹，读者能如数家珍数出自己喜爱的科幻小说家的名字。这部小说集的科幻作家或许在读者看来还令人陌生，但每个在科幻创作领域取得成功的人，谁又不是从读者的陌生中起步，然后走向各自的成熟和创作高峰？

我对这些科幻小说家抱以期待。我更相信，读完这部小说集，读者也会对他们的明日创作抱以期待。

2024 年 9 月 8 日夜